世界科普巨匠经典译丛·第四辑

林中水滴

（俄）普里什文 著
王 田 译

上海科学普及出版社

图书在版编目（CIP）数据

林中水滴/（俄）普里什文著；王田译．—上海：上海科学普及出版社，2014.4
（2021.11 重印）

（世界科普巨匠经典译丛·第四辑）

ISBN 978-7-5427-5971-9

Ⅰ.①林… Ⅱ.①普… ②王… Ⅲ.①散文集—苏联 Ⅳ.① I512.65

中国版本图书馆 CIP 数据核字 (2013) 第 289498 号

责任编辑：李 蕾

世界科普巨匠经典译丛·第四辑

林中水滴

（俄）普里什文 著　王 田 译

上海科学普及出版社出版发行

（上海中山北路 832 号 邮编 200070）

http://www.pspsh.com

各地新华书店经销　三河市金泰源印务有限公司印刷

开本 787×1092 1/12 印张 16.5 字数 200 000

2014 年 4 月第 1 版 2021 年 11 月第 4 次印刷

ISBN 978-7-5427-5971-9 定价：39.80 元

本书如有缺页、错装或坏损等严重质量问题

请向出版社联系调换

目录
Contents

林中水滴

002 / 树

007 / 水

009 / 森林里的客人

020 / 变幻无穷的一年四季

030 / 人的踪迹

034 / 啄木鸟的工坊

我心爱的叶芹草

046 / 荒　野

055 / 人生的岔路口

070 / 快　乐

090 / 顽强的熊

目录

生命之根——人参

108 / 一
116 / 二
121 / 三
125 / 四
131 / 五
136 / 六
143 / 七
150 / 八
155 / 九
163 / 十
167 / 十一
172 / 十二
178 / 十三
182 / 十四
187 / 十五
192 / 十六

林中水滴

水乳交融的树根

太阳下山以前,明月依然挂在天边,缓缓西坠——它比昨天看起来更远了,远到已不能在冰雪消融后的湖面留下它的倒影。

太阳一会儿露出笑脸,一会儿被浮云挡住,你以为即将要下雨了,左等右等却等不来。结果,天竟然开始放晴了。

昨天,暖烘烘的太阳还没有把新结的冰完全融化,留给人们的是两条薄薄的像水晶一样透明的冰带,远远看去就像是两条宽大的饰条,镶嵌在河的两边。在微风的吹拂下,绿幽幽的河水不时地泛起涟漪,惹得那薄冰发出奇怪的声音:一会儿像调皮的孩子把石子扔进河里的声音,一会儿又像一群群的鸟儿叽叽喳喳地从天上飞过的声音……

水面上浮动着几块昨天形成的薄冰,和夏天的品藻十分相像,红嘴鸥悠闲地游来游去,留下了片片痕迹。从站在岸上的孩子手中幸运逃脱的野鼠惊慌失措地从河面上跑过，却没产生任何塌陷。

那片浸水的草地上只有一棵小树傲然伫立，这棵坚强的小树就是我窗前的榆树，许多候鸟都栖息在上面，包括苍头燕雀、金翅雀、红胸鸲。看着眼前的小树，我不禁想起了另一棵树。

想当年，我还是行走天涯的人，自从在那棵树下栖息片刻开始，便和它变得水乳交融了，它的根也变成了我融入故土的根。早在我像候鸟一样行踪不定的时候，我就一直是这样在自己的根上伫立的。

未卜先知的蛇麻草

那棵高耸入云的云杉斜靠在漩涡上面，已经枯死了，就连树表面的绿苔的长须也已经变成了黑色，并且萎缩后脱落了。奇怪的是，蛇麻草偏偏看中了这棵云杉，紧紧地缠绕着它，越爬越高。它站在高处，到底看见了什么呢？自然界有哪些事发生呢？

顽强的生命

去年，为了更好地辨认森林砍伐处的某个地方，我们特地砍了一棵小白桦当作记号——从那以后，那棵无辜的小白桦就只能斜靠在一条树皮上倒挂着了，看起来挺危险的。

今年，我又看见了那个地方，却因为眼前的一幕而惊讶不已：那棵小白桦竟然又长得郁郁葱葱了，看来，这一切全靠那条树皮给树枝输送汁液了，它就是最大的功臣。

名不符实的瑞香

朋友刚刚离开了我,我看着周围的一切,最后将目光停留在了一个挂着很多空云杉球果的老树桩上。

啄木鸟整个冬天都在这里忙活着,树桩四周堆着厚厚的一层云杉球果,这是它辛苦一个冬天的劳动成果。

一支瑞香历经千辛万苦,好不容易才挣扎着从这层果壳下面钻出来,还绽放着小小的紫红色花朵。这枝春天最早盛开的花儿的茎很细,却非常柔韧,如果不用小刀,根本折不断——但是,我为什么要折断它呢?

即使是站在很远的地方,这种花的香味也会迎面扑来,和风信子的香味很像,但凑近细闻,闻到的却是一股怪味,甚至比狼的臊味更令人恶心。我看着它,觉得很纳闷,并由此想起了很多熟识的人:远看,他们英俊潇洒、器宇轩昂;近看,他们却像凶狠的豺狼一样,浑身散发着恶臭。

蚂蚁窝——树桩

森林里有很多老树桩,虽然已经像瑞士干酪一样到处都是小孔,却仍然保持着以前的样子……当然,这只是表面现象而已。假如你一屁股坐到这种树桩上,小孔的表面就会破碎,你在树桩上就会略微下陷。

如果是这样,你就要立刻站起来,因为你屁股下面的这棵树桩的每一个孔里都会爬出来密密麻麻的蚂蚁。也就是说,这棵树桩只是虚有其表而已,更像是一个名副其实的蚂蚁窝。

森林里的坟墓

人们砍伐了很多树木，准备当柴火烧。但奇怪的是，他们竟然还有一些没运走，一堆堆的木柴随处可见。而有些地方的柴堆，早已远离了那片繁茂的长着大而绿的叶子的小白杨树丛或浓密的云杉树丛。对森林生活很熟悉的人，最喜欢采伐迹地，因为森林就像是一本博大精深的无字天书，而采伐迹地无疑就是这本天书很精彩的一页。

松树被砍了，在阳光的照射下，野草得以茁壮地生长，松树和云杉的种子被压在下面，长不出来了。大耳的小杨树却不在乎，它竟然打败了野草，肆无忌惮地又变得郁郁葱葱了。然而，在它们战胜野草后，喜阴的小云杉树却在它们脚下生根发芽，并且超了过它们。因此，云杉像以前一样代替了松树。

但是，这个采伐迹地上原本是一片混合的森林，长着各种各样的树，更重要的是这里泥泞的苔藓——自从人们砍伐了这片树林后，苔藓就如鱼得水——越发生机勃勃了。

透过这个采伐迹地，我们能对森林丰富多彩的生活略知一二。这里的苔藓长着天蓝色和红色的果实，有的苔藓是红色的，有的是绿色的；有的苔藓长得像小星星，有的则像大朵大朵的云。此外，在这里我们还能看见斑斑点点的白地衣，中间夹杂着血红色的越橘，还有矮小的丛林……

每个老树桩暗黑色的底色将幼嫩的松树、云杉和白桦衬托得很显眼，尤其在灿烂的阳光下分外耀眼。目睹生活的蓬勃交替，人们最大的收获便是令人愉悦的希望。虽然曾经是参天大树，但黑色的树桩就像是树木裸露的坟墓，一点儿也没有显得凄凉，和人类墓地上的情景更是有着天壤之别。

树木的死法不尽相同。以白桦树为例，它的腐烂是从内部开始的，在你还把它当成一棵健康的树时，其实它里面已经烂了。这种木质很像海绵，如果吸满了水分，就会变得非常重，假如不小心把这棵树推倒了，树梢倒下来，极有可能会砸伤人，甚至把人砸死。

你经常能看见长得像花球一样的白桦树：树皮仍然是白色的，树脂也充足，看起来一切完好，就像是一个白衬领，但里面的朽木上其实已经开了很多花、长了很多新的小树苗，云杉和松树死后，都会像脱衣服一样一层一层地把树皮脱掉，在树脚下堆一大堆。接着，树梢倒下来，树枝也断了，最后就轮到树桩慢慢腐烂了。

如果你细心地观察锦毯一样的大地就会发现，每个树桩的废墟都显得非常美丽，一点儿也不比金碧辉煌的宫殿和宝塔的废墟差。百花齐放，蘑菇和蕨草马不停蹄地赶来填补高大的树木香消玉殒后的空缺。但最先赶来的还是那棵树桩上长出来的一棵小树。鲜绿的、和星斗一样的、长有密密麻麻的褐色小锤子（一种囊体植物）的苔藓，急着要把那曾支撑着这棵木树、如今却变成一截截横躺在地上的光秃秃的朽木盖住。人们经常能在那片苔藓上看见又大又红像碟子一样的蘑菇。

而废墟，则被浅绿色的蕨草、红色的草莓、越橘和浅蓝色的黑莓包围了。酸果的藤蔓也很常见，不知道它们为什么总是喜欢爬到树桩上去。瞧，那根长得小巧叶子的细藤上，挂着很多鲜红欲滴的果子，给树桩的废墟增添了无穷的生机和活力。

充满生机的涅尔河

涅尔河流过了沼泽地,只有在蚊子肆虐以前,这里才能得到短暂的安宁,才算得上是个令人流连忘返的好地方。库布里亚河是涅尔河的支流,是一条好动的夜莺之河。河的一边很陡峭,长着一片野生的森林,另一边则是耕地,和涅尔河两岸的分布是一样的。在涅尔河岸边,赤杨和稠李到处都是,假如你在河面上划一叶小舟,脑袋上似乎就是一个绿色的拱门。这里的夜莺非常多,就像是黑土区的庄园里的大花园。

我们泛舟慢行,看见了一种没有穿绿衣服的树木的花——荛黄花,它争奇斗妍,密不透风,在前面的空中编织了一张网,里面则是赤杨的新芽、早春柳树嫩黄的新芽、稠李各种各样的蓓蕾和呈半开状态的大朵大朵的花儿。这些没有穿绿衣服的树枝,是如此绚丽多姿、妩媚动人,似乎比娇滴滴的女孩更可爱!

春天姗姗来迟了,森林里的一切都还没有穿上绿色的衣服,所有的东西都抬头可见：无论是各种各样的鸟儿的巢穴，还是那些正在啼叫的小鸟自己，比如发出咕嘟声的夜莺、苍头燕雀、歌鸫、林鸽。此外，还能看见咕咕叫的杜鹃以及那正在枝头走来走去、发出咯咯声、企图吸引异性注意的野乌鸡。

有的地方的赤杨和稠李被蛇麻草缠绕得密不透风，只能看见一根绿枝条从去年的老蛇麻草下面露了出来，简直和毒蛇缠身的拉奥孔太像了。

前面有四只雄鸭，正在水面上一边游泳，一边嘎嘎叫。等我们划到近处，正要举起步枪瞄准它们时，其中三只扑棱着翅膀飞走了，第四只则有一只翅膀被打断了。在没有选择的情况下，我们让这只只有一只翅膀的小鸟脱离了苦海——我们把它放在船头上，当作拍摄河面上的风景时的前景。

水中的倒影

我用照相机记录下了森林里美丽的最后的小路——也就是我们常说的"碎瓷片"。小路有时候会中断，会从它底下露出绿汪汪、有树木倒影的车辙；有时又会被小水洼挡住，只好无奈地潜入水中，然后再从那有着巨大倒影的森林里显现出来。

假如想穿着我脚上的靴子走到这片海洋的对岸，那简直是不可能的事，甚至连靠近都不可能。但是，我还是成功地走到了倒影的旁边，并且把这难得的一幕拍了下来。好吧！并不需要飞机的帮忙，耳朵也用不着忍受发动机巨大的轰鸣声，我就能安然无恙地站在这清澈见底的水洼前，欣赏我脚下的朵朵浮云。

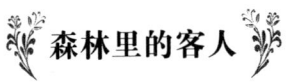
森林里的客人

恐怖的深渊

一只灰蝴蝶好像巨大的谷蛾一样，掉进了无边的深渊里，呈三角形仰面漂浮在水面上，看起来就像是两翅被钉在了水上。它挣扎着抖动自己的细腿，身体也随之摆动，这只可怜的小蝴蝶便在整个深渊里激起了阵阵涟漪，像细密的圆圈一样向四周扩散开去。

很多蝌蚪围在被困的蝴蝶身边，它们自顾自地游着，对水波一点儿也不在意。一些小甲虫英姿飒爽，像骑手一样在地面上飞奔，在水中兜风似的转着圈。一条小梭鱼藏在石头边上的阴影里，像小木棒一样直直地立在水中——我猜想，它极有可能是想捉蝴蝶吃，但可惜的是，它不知道水下有微波。也对，谁能知道水底下会有微波呢？

这只顽强的蝴蝶不断地在平静的深渊里激起微波，却好像引起了水面上空的普遍注意。野醋栗的果子虽然很大却还是青的，它把果子弯到了离水面不远的地方；在朝露和水的冲洗下，已经凋谢的款冬花的叶子变得鲜亮莹泽；新生的蛇麻草青翠欲滴，紧紧地缠绕在高大挺拔却形似枯雕、挂满绿须的云杉树上，并且爬得越来越高。而在那只蝴蝶抖动的水波无法达到的石头背后，出现了陡岸上的一片森林和碧蓝的天空的倒影。

我断定，那条小梭鱼早晚会从呆若木鸡的状态中醒过来，注意到整个深渊里随处可见的道道水圈。但是，看着眼前这只蝴蝶，我不由得想起了自己的奋斗历程：我曾无数次四脚朝天，绝望地想用自己的手脚随便抓住身边的救命稻草，以求得自由。我想起来，在我失意的那段时间，曾把一块石头扔进了深渊，石头随即激起了阵阵水波，重重地把蝴蝶掀了起来。它的翅膀被整得平平整整，然后被直接抛到了天上。我想说的是，正是因为自己经历过苦难，所以才能对别人的苦难感同身受。

乌鸦与人

一只倒霉的乌鸦成了我试枪时的牺牲品，它被打中后摇摇晃晃地翻了几个筋斗，接着就掉到了一棵树上。与它同行的很多乌鸦在它头顶上安慰了一阵后毫不犹豫地飞走了，只有一只乌鸦勇敢地留了下来，与它并肩作战。

我走到乌鸦跟前，站在平时足以把乌鸦吓跑的地方，但是，那只留下来的乌鸦还是纹丝不动地待在那儿。这到底是什么情况呢？莫非那只乌鸦之所以留在伤者的身边，是因为它们之间有某种感情的联系？就像我们人类通常所说的，出于友情、亲情或者爱情？或许，这只受伤的乌鸦是那只乌鸦的孩子，做父母的当然要留下来保护自己的子女。从这只乌鸦身上，我看到了屠格涅夫笔下的那只母乌鸡的影子：它虽然伤痕累累，不停地流血，却还是赶来救那只囚鸟。如此感人的事情，在鹑鸡目动物中其实并不少见。

但我回过头来一想，不对，乌鸦不是食肉动物吗？因此，我心里又产生了一种让自己不太高兴的想法：那只留下来的乌鸦也许并不是出于好心，而是因为闻到了血腥味，从而想好好地饱食一顿，所以，它才甘愿冒着生命危险留在必死无疑的同伴身边，这完全是受到了强烈的私心驱使——让它不舍得撇开快死的同类。

如果说我的第一个想法颇具拟人化，把人类的情感移植到了乌鸦身上，那么我的第二个想法就具有"拟鸦性"的危险，同时说明一个事实：乌鸦是食肉者，与生俱来，无法改变。

好记性的松鼠

在我看来，松鼠的记忆力是很好的。如果说藏食物的地方食物充足，记得清楚好像并不是难事，但根据我们一路跟随松鼠足迹的观察，它藏的食物往往是很少的：一只松鼠钻进雪地下的苔藓里，拿出早在去年秋天就已经藏好的两颗榛子大快朵颐，然后在前面十米处又钻到了雪下，人们很快就看见两三个榛子壳被抛出来。

这显然不是因为松鼠能闻到藏在融化的冰雪下的榛子香味，真相一定是这样：松鼠在去年秋天就清楚地记得：两颗榛子躺在离云杉树几厘米处的苔藓里……它的记性是那么好，根本不用仔细测量，就能准确地知道榛子所在的位置，并钻下去将榛子取出来。

鸠占鹊巢的狐狸

今天，我站在一个獾洞边，突然想起了一件事：卡巴尔迭塔—巴尔卡里亚的峭壁上有三个兽洞。在好奇心的驱使下，我曾在那里把沙地上各种各样的足迹认真地分析了一遍，结果发现了一个非常好玩的故事：獾、狐狸和野猫竟然"同居一室"。

这个洞原本是獾挖的，没想到闻风而来的狐狸和野猫也住了进去。大家都知道，狐狸总是脏兮兮的，浑身散发着恶臭，很快就把獾和野猫赶走了，鸠占鹊巢。无奈之下，獾只好在一个地势稍高的地方又挖了一个洞，和野猫同居，那只可恶的臭狐狸则独自住在老洞里。

梭鱼与青蛙

我们布置的网里闯进了一条梭鱼，它似乎被吓傻了，手足无措，所以只好一动不动地、像树枝一样傻傻地待在那儿。一只青蛙紧紧地贴在它的背上，就算用小木棒去戳，也要费很大的气力。

和传闻一样，梭鱼果然很灵活、力气很大、很厉害，但一停下来，就被平时看不上眼的青蛙骑到了头上。据此，我可以作出这样的推断：作恶多端的家伙，大概是永远也不愿停下自己的恶行的。

遭殃的田鼠

从田鼠打洞开始，它就把眼睛还给了大地母亲。为了挖土时更方便，它还把脚掌翻过来，开始行使地下居民享有的所有权利，并按照大地制定的规则生活。然而，水默默地席卷而来，一举摧毁了田鼠的家园。为什么会这样呢？它到底是凭什么威胁和平的居民，迫使它们背井离乡呢？

田鼠好不容易才垒一道堤坝，却被力大无穷的水冲毁了；接着，田鼠第二次垒好了堤坝，然后是第三次。前三次都垒成了，然而第四次刚开了个头，就被来势凶猛的水毁掉了。它几乎是用尽了吃奶的劲，才来到阳光灿烂的地面上，却已经变得浑身发黑，而且失明了。

它在宽阔的水面上拼命地游着，似乎从来没想过抗争，或者可以这样说：它压根儿就没有想过抗争，因此也就不可能对着水大叫："瞧你！"——像叶甫盖尼对青铜骑士那样叫。它只是害怕地游着，并没有抗争；反而是我这个盗取火种的人的儿子，想要帮助它对抗奸恶的水。

我们开始动手修筑水堤，越来愈多的人汇集起来，使得我们的防水堤坝又高、又坚固。我想，田鼠应该从此换一个主人，别再依赖水，而应依赖人。

聪明的啄木鸟

一只啄木鸟正在天上飞，嘴里还叼着一颗大云杉球果，看起来身子特别短小——虽然它的尾巴原本就很短。最终，它落到了一棵白桦树上，因为那里就是它剥云杉球果壳的地方。它叼着云杉球果，沿着树干往上爬，一直爬到了自己早已熟悉的那个地方。但是，它用来夹住云杉球果的枝杈处还放着一颗云杉球果果壳，所以没有地方放置新采摘来的这颗云杉球果。它是那么的忙，嘴里叼着新球果，自然无法扔掉旧的。

不可思议的一幕出现了：啄木鸟完全就像遇到这种情况的人一样，想出了一个两全其美的办法——用胸脯和树把云杉球果夹住，腾出嘴来扔掉旧的，然后再迅速地把新的挪进作坊。

它一直是那么聪明、精神气十足，勤劳能干。

可怜的野鸭

小河奔腾不息地流进了茂密的赤杨林里，两岸变得越来越陡峭，河面则变得越来越窄，人几乎可以毫不费劲地迈过去。由于森林里的温度高，水的流速很快，所以这里的河水从来没有结过冰。一只落后的野鸭于是被拦到了这儿，漫不经心地打发着冬天来临之前的最后时光。

它藏在阴暗的树荫里，所以我们看不见它的身影，只能听见它扇动翅膀的声音和叫声。直到它飞到赤杨树的高空，我们才找到合适的机会，顺利地打中了它。它的翅膀被一颗霰弹打断了，它就像瓶子一样，栽个了跟头。

断翅的野鸭逃生的最好去处是水里，它一头钻进水里后，就地躲在树根之间，只露出黑色的不明显的小嘴。很多时候，猎人明明看见它掉进水里了，却找到筋疲力尽也一无所获。

被我们打伤的那只野鸭掉落的地方，正好是河的转弯处，水势开阔，看起来很像是一个池塘。这个宁静的地方结了一层冰，但表面上还透明得像水一般。

那只野鸭眼看着自己就要被捉到，一心只想着赶紧潜入水中，没想到却一头撞到了冰上。冰没有被撞碎，但受了惊吓的野鸭却猛地爬起来，踏着红脚掌迈开了步子。皮尤什卡（一只狗）看见后追了上去，但是它的脚总是陷进冰里，只好无功而返。犹豫了片刻后，皮尤什卡摊开脚爪，踮起脚尖，慢吞吞地走着。太好了，我们终于捉到它了。

未卜先知的蜘蛛

连绵不断的阴雨让人的心情变得很烦躁。太阳穿过蓝蓝的天幕，眼看就要落到山下了，即便到了晚上，天气恐怕也不会转晴。我焦急地等待了一整天，蛮以为会在傍晚时看到太阳的笑脸，这样我才能在夜里安然入睡，期待明天能看到一个盼望已久的清露辉映的早晨，好拍摄水珠晶莹的蜘蛛网。

太阳一躲到山的后面，蓝幕就消失得无影无踪了。只见一只鲜红的鸟儿出现在蓝幽幽的底色上，还有一个穿着红衣的骑手。

晚上，我和主人家的儿子谢辽查一起在草棚里守夜，那个草棚就在采伐迹地边上，也就是我所观察的森林里的织工生活的地方。那位织工是一只很擅长织网的蜘蛛，远看就像一个上面画着十字架的小酒桶。远处闪烁的电光从草棚的壁缝里钻了进来，通过我紧闭的眼皮，在我的脑子里上演了很多可笑的荒唐故事。

比方说，我有一次梦见人们好像想用蜘蛛网做某种东西，于是为了让蜘蛛日夜不停地忙活，就用探照灯把森林照得像白天一样亮。第二天一大早，天还没有亮，谢辽查的母亲道姆娜·伊万诺芙娜就来草棚里叫谢辽查起床："该起床了，谢辽查，去打麦子吧！"

"蜘蛛结网了吗？"我问。

女主人对我这些稀奇古怪的问题似乎已经见怪不怪了，而且她对我的观察也很感兴趣。过了一会儿，她才回答道："我没看见。"

"既然如此，"我说，"应该是快要下雨了，但你们的打麦场没有顶棚，这可怎么办才好呢？"

"只能这样了。"道姆娜·伊万诺芙娜回答道，"我们现在剩的面粉恐怕做一个小圆面包都不够，如果不赶快打，就只能饿肚子了。"

听完妈妈的话，谢辽查迅速起床去打麦子了。

从草棚出来后，我看见天上的太阳光和乌云你推我让，太阳的胜算似乎大些。露水已经足够大了。天空阴沉沉的，露水却反常地大，这绝对不是一件平常的事。

阴沉的早晨到处都是露水，我倒是觉得很高兴，于是出去给那织网的蜘蛛拍照，奢望能不受太阳光的影响，一门心思想在天气恶劣时利用延长曝光时间拍出来的照片能比阳光明媚时的快照效果更好。遗憾的是，到目的地后我才发现，这里不仅没有新结的网，反而连旧的也不在了。我想，一天一夜后，那些网可能是自然地破损了——被蚊蚋撕坏了。蜘蛛大概是在黎明前织网的，但昨天后半夜刚好有闪电，预示着今天会有一场雨，所以它们才临时取消了黎明前的织网活动。

但是，这并不代表它们毫无作为：我们还是能在很多地方，尤其是在地面上看到蜘蛛网，不过与以往灿烂的早上相比，简直少得太多了。看着这稀稀拉拉的蜘蛛网，我想到了一个问题：蜘蛛也不是完全一样的，有的很聪明，有的却很蠢笨。

日光和乌云的拉锯战持续了一个小时后，太阳终于胜利了。

还有这样一种可能：蜘蛛原本是想工作的，但是无奈露水实在太大了，只好作罢。不是这样的！极有可能是因为蜘蛛早在天亮前就已经预感到即将要下雨了。

鸟儿也没有平时那么活跃了。野乌鸡默不作声。我可没有说谎啊！白鹤静静地待在河湾里休息，连鹞鹰也很少现身。后来，周围陷入了寂静，空气也变得闷热，惹人遐思，这不正是风雨欲来的情景吗？大气的变化是那么快，不但来不及赶回家，甚至来不及找一棵大云杉躲雨。

一切刚刚安顿好，电闪雷鸣便开始，瓢泼大雨降临了。值得庆幸的是，我找到了一棵非常大的云杉，即使暴雨不停歇地下一整天，我身上也不会有一滴雨水。我十分喜欢在这样的天气里，就这样静静地坐在云杉树下，遐思无限。与此同时，那些小兽和鸟儿说不定也像我这样坐着，而且也在遐思呢……不过，我倒是宁愿它们什么问题都不想，超然脱俗地对自己说："什么都别想了，就这样静静地坐着，空气多么芳香，好好聆听大自然的声音吧！"于是就这样默默地坐着，什么也不想，只是竖着耳朵静静地听、嗅！森林里的其他生物可能也像我一样。

没想到大雨竟然哗啦啦地下个没完，我只好从云杉树底下走出来，淋着雨回家。村子里一片忙乱的景象，被大自然欺骗的人们像落汤鸡一样，嘴里谩骂着，无奈地收工回家。看见女主人后，我问道："瞧瞧，道姆娜·伊万诺芙娜，就连蜘蛛都比我们聪明，只有极少数出来忙活，自认为聪明的人类却被骗了。""没错！"道姆娜·伊万诺芙娜一边生气地回答道，一边用她那双小得几乎可以忽略不计的眼睛看着我。

傍晚，村民们在村里的谷物干燥房里忙得热火朝天。橙黄色的晚霞久久挂在天边，留下了村舍、谷物干燥房和柳枝的剪影。雪白的浓雾悄无声息地逼近草地，星斗漫天的夜晚即将到来。

来自远方的客人

今天，我们家里可谓是宾客满座。为了等待涨大水，旁边的柴垛已经在这里足足待了两年。一只鹡鸰从柴垛里走出来后直接走向了我们，它完全是出于好奇，只是单纯地想看看我们。那堆劈好的柴实在是太多了，烧五十年也没问题。它们历经风霜雨露，在烈日的炙烤下白白躺了两年，现在已经发黑了，瞧！很多垛儿已经歪七扭八了，有的则已经坍塌了。

数不清的昆虫鸟类在腐朽的柴中繁衍生息，其中就有鹡鸰。没多久，我们就发现了一种能够在极小的范围内拍摄这些小鸟儿的方法：假如小鸟儿正好在柴垛背面，你想叫它过来，只需要在很远的地方露一下面，再迅速地藏起来就行了。这样一来，鹡鸰就会在好奇心的驱使下来到柴垛边，偷偷地在拐弯处看你。你只要提前用相机瞄准那块木柴，拍摄就没什么问题了。

这和击棒游戏差不多，唯一不同的是，以往这个游戏都是小孩子们在玩儿，现在却是我这个老头和小鸟儿在玩。

远处飞来一只白鹤，落在了从黄色的沼泽和小丘之间流过的小河对岸，然后开始低头散步、溜达。

鱼鹰也来了，轻轻地扇动着翅膀，停在半空中专心致志地盯着下面的猎物。

老鹰也赶来凑热闹了，在高空中盘旋。

最爱吃鸟蛋的鸳鸟来到这里后，所有的鹡鸰都从柴垛中走了出来，像蚊子一样跟在它屁股后面飞。不一会儿，负责看家的乌鸦也加入了鹡鸰的队伍。巨大的猛禽显得可怜兮兮的，真没想到，这庞然大物也有惊慌失措、到处乱窜的时候，看它的样子，恨不得立马逃离这里。

林鸽们"咕——咕——"地叫着。

一只杜鹃似乎不知疲倦地在松树林中啼叫。

苍鹭突然从干枯了的老芦苇丛中跳了起来。

就在附近，野乌鸡不停地叫唤着。

芦鸦啾啾的叫着，停在一枝纤细的芦苇上左摇右摆。

藏在落叶堆里的鼩鼱吱地叫了一声。

天气再暖和点儿后，稠李就会长出小绿叶，远远看去，就像一只只绿色的小鸟儿在枝头做客。紫色的银莲花也出现了，瑞香也会一直待下去，直到树林各层都长满嫩芽才走。

一只蜜蜂落在早春的杨柳上，一只丸花蜂发出了嗡嗡声，还有一只蝴蝶不小心把翅膀弄断了。

毛茸茸的狐狸似乎急着去做什么事情，只在芦苇丛里闪了一下就消失不见了。

这令人回味无穷的时刻，似乎会一直延续下去。但今天，当我在沼泽上不断地跳着小丘往前走的时候，看见水里有一种东西，弯下腰一看，才发现原来是无数只和蚊子差不多大小的鞭毛虫。

过不了多久，这些鞭毛虫的翅膀就会长出来，并且站到对它们来说很硬的水面上，然后鼓足劲儿飞起来，同时嗡嗡地叫个不停。正是拜这可恶的吸血鬼所赐，好好的艳阳天竟变得阴沉沉的。但不得不说的是，这支大军在保护沼泽森林贞洁方面还是发挥了一定的作用,很少有人会来这块美丽的处女地避暑。

一条斜齿鳊自由自在地游着。远远看见两个打鱼人划着一条小船过来时,我们只好恋恋不舍地离开,谁知他们马上就在我们离开的地方安顿了下来。他们生起了篝火,把锅子挂在上面,然后开始用洗干净的鳊鱼炖汤。汤做好后,他们三下两下就吃得一干二净,连面包都不想吃了。

这是沼泽地上唯一干燥的地方,也许最早的渔人也曾在这里生过篝火,但现在我们直接开着车来到了这里。我们带了一个旅行灶,就放在帐篷里,等我们把帐篷收好后,芦鸫立刻赶过来,在搭帐篷的地方吃着什么东西。瞧,我们最后的客人就是它。

变幻无穷的一年四季

一年四季，变幻无穷，但事实上，春、夏、秋、冬就是这世界上最准确的分法。

大自然晴雨表

一会儿绵绵细雨淅淅沥沥下个不停，一会儿却是艳阳高照。我给我那条小河拍了照，一只脚却不小心踩到了水。我正打算坐到蚂蚁窝的土丘上（冬天时我已经养成了这样的习惯），却突然发现蚂蚁倾巢而出，像长龙一样排着队，黑压压的一片，不知道是在等待什么东西，还是想在开始工作之前清醒一下头脑。

大寒前的几天，天气并不寒冷，但我们不知道为什么没有看见蚂蚁，为什么没有看见白桦树流出来的汁液。直到入夜后温度下降到零下十八度，我们才恍然大悟：白桦树和蚂蚁通过结冰的土地，已经提前知道天气会变冷。但现在，大地融化后，白桦树的汁液流了出来，蚂蚁也露面了。

小溪的模样

我听见一只鸟儿发出了像鸽子一样的咕咕声,并且轻轻地飞了起来,于是我赶紧去找狗,想看看到底是不是山鹬来了。但是,肯达只是静静地奔跑着。无奈之下,我只好折回来欣赏泛滥的融水,但一路上又听到了鸽子的咕咕声,而且听到了很多次。

我下定决心,要是再听到这种叫声,就不再往前走了。渐渐地,这种叫声变得此起彼伏、断断续续,而我也终于意识到,这其实是一条小溪在某地的积雪下低声吟唱。

我非常喜欢现在这样,在走路的时候聆听小溪潺潺流水的声音,并从它们不同的诡异声中辨认出不同的动物。

金色的水珠

风和日丽,风景无限好。青鸟和交喙鸟同时放声高歌。雪地上结的冰像玻璃一样透明而脆弱,在滑雪板下发出了破裂般的声音,并四溅开去。在黑暗的云杉树林的衬托下,小白桦树林在阳光的照射下变成了粉红色,增添了无穷的童话气息。

太阳仿佛在铁皮屋顶上开了一条冰河,而水好像真的在冰河里流动起来,冰河逐渐往后退缩,冰河和屋檐之间被晒热的部分铁皮就变得越来越大,最终露出了自己本来的颜色。细小的水流从暖热的屋顶上流到阴冷处悬挂着的冰柱上时,一瞬间就冻住了,所以,冰柱就是从上端开始不断变粗的。

当太阳超过屋顶,照射冰柱的时候,寒意逐渐消失了,冰河里的水便顺着冰柱开始融化,金色的水珠一滴滴往下滴。城里每户人家的屋檐上都是这样,黄昏前后都滴着金色的水珠，非常有意思。

而在背阳的地方，还没到黄昏，气温就会下降。虽然屋顶上的冰层仍然在往后退，水还在冰层上流淌，但有些水珠已经坚持不住，在阴影处的冰柱的末端被冻住了，并且呈日益增长的趋势。

到黄昏时，冰柱又会变长。而到了第二天，等到艳阳高照时，冰层又会再次后退。就这样，冰柱每天早上变粗，晚上变长，每天都在变粗、变长。

装扮一新的森林

过不了几天，大约一个星期，人们就能看到各种各样的奇花异草，比如青翠的苔藓、柔嫩的绿茵，森林原本的衰败景象会被它们遮盖得不见踪影。亲眼目睹大自然每年两次精心地掩饰自己憔悴、奄奄一息的外表，我顿时感动不已：第一次是春天，它用各种美丽的花朵来装扮自己，免得被我们看见；第二次是秋天，它用厚厚的雪来打扮自己。

虽然现在榛子树和赤杨树一样都还在开花，金色的花穗也被小鸟摇晃着，弄得花粉纷纷扬扬地落到地上，但时移世易，一切已经物是人非——这些花穗表面上看还活得好好的，但实际上它的好时光早已远去。现在，星星一样的蓝色的花儿随处可见，娇艳妩媚，惹人爱怜，偶尔还能看见瑞香，同样是美艳动人。

林道上的冰雪融化了，动物的粪便露出了自己的本来面目。种子仿佛闻到了粪便的芳香，所以迫不及待地从云杉果和松球果里飞出来，奔向了它的怀抱。

凋谢了的稠李

白色的花瓣雨滴滴落在牛蒡、荨麻和各种绿草上，那就代表稠李凋谢了，接骨木和它下面的草莓却绽放了美丽的花朵。铃兰的一些花苞也盛开了，白杨树褐色的叶子变成了嫩绿色的,燕麦苗像绿衣小兵一样散布在一望无际的黑色原野上。

沼泽地里高高的草笔直地站立着,在黑漆漆的深渊里留下了绿色的倒影,一些小甲虫在黑色的水中迅速地转圈,淡蓝色的蜻蜓在一个个绿茵茵的草岛上来回穿梭。

我在荨麻丛中发白的小路上漫步,荨麻散发着浓烈的气味,让我觉得浑身痒痒。安居乐业的鸫鸟们惊恐地把讨厌的乌鸦赶出自己的家,赶得很远。一切都是那么有趣:动物生活中的每一件微不足道的小事,都是对大地上和谐的生命运动的一种诠释。

漫天飞舞的杨花

我给白杨树上的鞭毛虫拍了一张照,它们正把杨花撒得纷纷扬扬的。蜜蜂迎着太阳、逆风飞行,就像轻飘飘的飞絮一样。你简直分不出来哪些是飞絮哪些是蜜蜂;到底是植物的种子落到地上求生,还是昆虫在寻觅食物。

四周静悄悄的,杨花片片飞舞,在短短一夜里,很多地方的道路和小河湾都铺上了厚厚一层飞絮,就像盖上了一层雪白的被子。我不由得想起了一片茂密的白杨树林,那里飘落的白絮那么厚。我们曾把它点燃,火势很快就在密林里扩散开来,把所有的东西都变成了黑色。

杨花纷飞,这在春天是一件大事。这时候,夜莺纵情高歌,杜鹃和黄鹂放声欢唱,夏天的鸫鹩也亮起了嗓子。

当杨花在天空中翩翩起舞的时候,我心里总会有莫名的哀愁:白杨种子的浪费,似乎比鱼在产卵时的浪费更严重,每每想起这件事,我就会觉得难受、不安。

在老白杨树上的白絮开始纷飞的同时，幼小的白杨树却在不知不觉中脱下了肉桂色的童装，穿上了漂亮的翠绿色衣服——和农村的姑娘一样。逢年过节，她们会走街串户、访亲问友、四处游玩，有时候打扮成这个样子，有时候却又打扮成那个样子。

大自然的所有因素都能在人身上体现出来：只要人们愿意，就一定能和他周围存在的一切遥相呼应。

比方说这根被风吹断的白杨树枝，它的不幸遭遇实在令人同情：它老老实实地躺在地下林道的车辙里，无数次忍受着车轮的巨大压力却仍然坚强地活着，长出的白絮被迎面而来的风吹走了，它的种子被带到了很多地方……

人们用拖拉机耕地，不能用机器的地方就用马；人们用分垄播种机播种，不能用播种机的地方就用筐子按照老方法播种。这些细节，虽然复杂，却引人入胜……

雨过天晴后，森林在太阳光的炙烤下变成了一座暖房，里面充满着正在生长和腐烂的植物的迷人芬芳：白桦的叶芽和纤细的春草正在蓬勃地生长，去年的黄叶则正散发出一种腐烂的气息。

旧干草、麦秆和长过草的淡黄色的土墩子上，现在都长出了嫩草。白桦的花穗也变绿了。白杨树那像毛毛虫一样的种子四处飘散，随意地挂在任何东西上。

不久前，去年的硬毛草的圆锥花序还长得又高又密，昂首挺胸地伫立着，吓跑了无数只兔子和小鸟，而现在它却被白杨树上的毛毛虫压断了，被接踵而至的绿草盖住了。但是，这个过程不是一蹴而就的，那黄色的老骨头还要披很长时间的绿衣，新春绿色的身体也会继续成长。

第三天，风吹散了白杨树的种子。大地对种子的需求似乎越来越大。微风吹拂着大地，送来了越来越多的种子。渐渐地，整个大地都爬满了白杨树的毛毛虫。尽管落在地上的种子不计其数，但只有一小部分能顺利长大。不管怎么说，只要它们一露面就会变成茂密的小白杨树林,就连兔子在路上遇到也会绕道而行。

小白杨树之间马上就会燃起战争的硝烟:树根相互争地盘,树枝则相互争阳光。因此,人们便砍了一些树,让白羊树林稀疏一些。当白杨树长到人那么高时,兔子就会啃食它的树皮。好不容易等到喜阳的白杨树林长成了,那喜阴的云杉却又悄悄来到了它的帷幕脚边,小心翼翼地紧挨着它,并慢慢地超过它的头顶,最终用自己的阴影战胜了它……

当整片白杨林开始死亡时,当呼啸的西伯利亚狂风掠过长成的云杉林时,一棵白杨幸运地存活了下来,留在了附近的空地上。树上到处都是洞和节子,啄木鸟经常会来给它治病,椋鸟、野鸽子、小青鸟把它当成了家,松鼠、貂也是常客。

冬天,当这棵树倒下时,附近的兔子就会来吃树皮,狐狸则在一边守株待兔:这里俨然成了禽兽的俱乐部,整个森林世界都和这棵白杨一样,彼此之间血脉相连,应该一丝不落地描绘出来。

我竟然对这种播种的方法感到厌倦了,因为作为人,我的生活其实是在悲伤和喜悦的不断交替中度过的。现在,我觉得很疲倦,不再需要这白杨了。这个春天,我似乎已经感觉到,我的"我"已经完全在疼痛中消融了,最后甚至连疼痛本身也不见了——一切都消失不见了。

我静静地坐在老树桩上,用手把脸捂住,眼睛却看着地上,就连身上落了一层厚厚的白杨的毛毛虫,也不在意。无所谓好坏……我的存在,在我看来可以算是一棵撒满白杨种子的老树桩的生命的继续。

但是,我休息片刻后,从异常欢快的静谧之中恍然大悟,环顾四周,再次看到了一切,为周围的一切而快乐。

第一只虾

轰隆隆的雷声响个没完,哗啦啦的雨也下个没完,太阳在雨中露了一会儿脸,一条宽大的虹从天的这边延伸到了那边。这时候,稠李盛开了,一丛丛野醋栗欹斜水面,也变成了绿色。第一只虾从一个洞中伸出脑袋,略微动了一下触须,几乎察觉不出来。

悄然变化的春天

白天,空中的一个高处挂着"猫尾巴",另一个高处云团时上时下,就像一大队船只,怎么也数不清。没有人知道到底是会刮顺旋风,还是刮逆旋风。

直到傍晚,一切才逐渐明朗:就是在这个傍晚,期盼已久的转变正式开始了,素面朝天的春天很快就要变成绿油油的春天了。

我们去一片野生的森林里侦察。枯黄的芦苇残留在云杉和白桦中间的土墩上,不禁使我们想起了春天和秋天时,这片森林是如何茂密得难以穿越。我们很喜欢这样的密林,因为这里的气温适中,一切都显得春意盎然、生机勃勃。

突然,旁边的水光闪了一下,原来是涅尔河,我们欣喜若狂,径直奔向岸边,好像猛然来到了另一个温暖的国家:在那里,生活充满了热情,沼泽地上的鸟儿叽叽喳喳叫个不停,发情的大鹬、沙锥像小神马一样在逐渐暗淡的空中狂奔,野乌鸡呼唤着自己的伴侣,白鹤发出的喇叭般的信号几乎就在我们耳边……

总之,那里的一切都深受我们喜爱,甚至连野鸭也敢落在我们对面清澈见底的水中,但是,听不到任何人的声音,也没有发动机的轰鸣声。

就在这个时候,春天的转变开始了:万物茁壮成长,百花竞相盛开。

美男子柳兰

一转眼,夏天来了,在森林的树荫下,可以闻到一种像瓷一样白的"夜美女"的芳香,沁人心脾。而森林里高大俊朗的美男子——柳兰,就伫立在树桩附近向阳的地方。

有趣的河上舞会

在朝阳升起时,黄睡莲就已经盛开了,白睡莲则要等到差不多十点才会盛开。当所有的白睡莲争奇斗妍的时候,就意味着河上的舞会拉开了帷幕。

干旱

大旱还没有结束。小河早已干涸了,只留下了一些原来被水冲倒、可以暂时充当桥的树木。岸上还有猎人追赶野鸭时踩出来的小路,留在沙地上的却是鸟兽的新鲜足迹——它们是照老样子来这儿喝水的。不管怎么样,它们总是能在某个地方的小深水坑里喝到水。

小白杨觉得冷

秋高气爽,云杉树林边缘有一片高低不一的矮小的白杨树,一棵挨着一棵,密密麻麻的,看起来就像是它们在云杉树荫下觉得冷,于是要把树枝伸到林边享受"日光浴"。我们乡下人也常常坐在墙根土台上晒太阳,很快就会浑身暖洋洋的。

进入落叶期

一只兔子从茂密的云杉林里跑了出来，跑到白桦树下，在一片宽阔的空地上停下了脚步。它不敢直接去空地对面，只能小心翼翼地沿着空地的边沿，绕过一棵又一棵白桦。走了一半，它突然停了下来，仔细地侧耳倾听……如果在森林里前怕狼后怕虎，那么在树叶凋零的时候最好还是离得越远越好。

兔子听着，老是觉得背后有什么东西在小声说话，于是蹑手蹑脚地凑近去看。如果是胆小的兔子，当然也可以强迫自己不回头看，但极有可能会遇到这样的情况：你不用害怕被落叶欺骗，但恰好就是这个时候，某个东西会从后面突然发起袭击，从后面一口狠狠地咬住你。

降落伞

是蟋蟀在草丛中发出的声音，因为它的声音非常轻。当一切都陷入沉寂的时候，一片黄叶从被高大的云杉紧紧包围的白桦树上落了下来。在白杨树一动不动的时候，白桦树叶却开始凋零。

这片黄叶的轻微的动作，好像引起了世间万物的注意和惊讶，包括所有的云杉、白桦、松树，以及所有的阔叶、针叶、树枝，甚至连灌木丛和灌木丛脚下的青草也不例外。它们异口同声地问道："这么安静的时刻，为什么树叶会落下来呢？"

我满足了万物的集体要求，想弄清楚那片树叶到底是不是自己落下来的。我上前去一探究竟。原来，它并不是自己落下来的——罪魁祸首是一只蜘蛛。蜘蛛想落到地面上，所以就把树叶摘了下来，当成了降落伞：那只小蜘蛛就是坐着这张叶子来到地面上的。

星星般的初雪

昨天晚上,我们竟然看到了几片雪花,简直有点莫名其妙。这些雪花好像是从星星上飘下来的,落到地上后被电灯一照,就像星星般闪闪发光。第二天早上,那雪花变得异常娇柔:只是一阵微风,就不见了踪影。但是,如果目的只是观察兔子的新足迹,这些雪已经足够了。我们一到那儿,就开始轰兔子。

今天,我到莫斯科后,首先看到的便是马路上像星星一样的初雪。它们是那么轻柔,麻雀飞离它们时,翅膀上便堆积了一大堆星星,而马路上的星星消失后露出了一块块黑斑,在很远的地方就能看见。

银色的森林中

在白雪皑皑的大地上,森林里一片静寂,这里格外温暖,连雪都快被融化了。树木变得银装素裹:高傲的云杉不得不垂下了沉重的巨爪,白桦树卑躬屈膝,有的头甚至都挨到了地面,形成了像蜘蛛网般的拱门。云杉和人简直没什么两样:无论遇到多么大的压力,没有一棵云杉会低头屈服,必定会宁折不弯。但白桦就不同了,尊严对它们而言一文不值,它们动不动就点头哈腰的。云杉上部的枝叶高高地耸立着,白桦却总是在悲伤地哭泣。

在穿上了银衣的寂静的森林里,看见仪态万千、神采飞扬的树木时,你不禁会问:"为什么它们互相不理睬,难道是羞于见我吗?"直到雪花飘落到地上,你才好像听到了簌簌声,仿佛那奇怪的身影在喃喃低语。

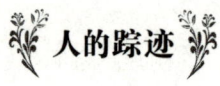 **人的踪迹**

何处是我家

我喜欢大自然里人的踪迹，喜欢人们赤脚在树林中奔走时留下的脚印：一个又一个，最后竟然组成了一条条弯曲的小路，穿过绿油油的草地、苔藓、露出地面的树根，穿过蕨草、松树，然后是小河的独木桥，接着急转直下，像登阶梯一样沿着树根爬到高处。

哦，我亲爱的朋友们，只要想到自己的小路，我简直有一肚子的话说不出来。我的足迹遍布森林、草原、山林，到处都是我的家——前提是我必须在那里写成过一篇故事。

蜜的气味

五月，寒意已经跑得无影无踪了，天气变得暖洋洋的，稠李也失去了光泽。花楸却含苞待放，美丽的丁香也开始绽放了。花楸开花，就意味着春天彻底结束了，等到它变红，就说明夏天也快结束了。进入秋天后，我们就要开始打猎了。其间，我们经常能看到鲜红的花楸果迎接冬天的到来。

如果想用一个词来准确地形容稠李散发的香味，在我看来几乎是不可能的，因为没有任何东西可以用来比较，只可意会不可言传。当我在一个春天里第一次闻到它的时候，我想起了童年和亲人，想起他们也像我一样闻过稠李，也像我一样形容不出来它散发的奇特的气味。就连我的祖父、曾祖父，甚至唱伊戈尔远征歌谣时代的人，或者更久远的已经被人们遗忘的时代的人，也同样如此。因为那时候就有了稠李、夜莺、各种各样的鸣禽、千奇百怪的花草，以及和它们有着千丝万缕关联的关于故乡感情的各种体验和感受。

只凭这稠李的香味，你就可以和过去发生的一切联系起来。它眼看着就要凋谢了。当我最后一次细细地闻它的花，最后一次突然想弄清楚稠李散发的到底是什么香味时，却意外地闻到了一股蜜的气味。

没错，我想起来了，稠李即将凋谢时散发的，不是我们习惯的那种特殊的气味，而是蜜的气味，这件事就证明，正因为如此，它才能是花啊……就算它们现在真的要凋零了，却给我们带来了多少蜜啊！

在森林里划船的人

我盯着芦苇丛中划船的捕鱼人。黑水鸡、芦苇、水，树木在水里的倒影和整个世界都好像在问我；它们想要的答案，就来源于这个划船的人。这个划船的人，就是你们想问的和期待的，而真正在航行的，其实是你们自己的"理智"。

打猎的审判员

我有一个当人民审判员的朋友,有一天晚上,他去沼泽地打野鸭,一直在河边待到第二天早晨鸟儿飞到宽水区时。从前一天晚上开始,他只收获了一只绿头鸭。因为当空气宁静而湿润,枪烟弥漫在宽水区上空时,天空看起来就阴沉沉的,他甚至连野鸭到底是被打死了还是飞走了都不知道。

没过多久,浓重的夜雾就从两岸散开了,把人民审判员和整个大自然笼罩了一整晚。沼泽地上的浓雾让他觉得不可捉摸。在它面前,哪怕是最大的星星也会变得黯然失色,以至于最后连整片天空都暂时不见了,就像阴天时太阳和我藏猫猫一样。而到了夜里,这仿佛盖着杜布内沼泽的白色被子的浓雾上空却是一片星月交辉的景象,美丽、晶莹。

天快要亮时,气温骤然下降,人民审判员在寒冷中醒了。他并没有立刻爬起来,他以为自己的右侧身体是躺在干草上,因此才会觉得很暖和。直到他试着翻动身体,才意识到自己的身体右侧其实是躺在水里的。和黎明时分变冷的空气相比,他把水错当成了暖和的干草。

此时在星光下,我沿着小丘上的小径,朝露出一丝光亮的东方走去,心里想的却是那被类似白色被子的浓雾掩盖着的审判员。如果天气一直这样,不再有任何变化,审判员今天早上打野鸭的机会就又要泡汤了。我丝毫不羡慕这位审判员,也不羡慕这位打野鸭的猎人,我牵着我的猎狗,激动地朝半路杀出来的一大群大鹬冲过去。

守株待兔的小伙子

我们乘船在河上航行，看见一个戴着白色便帽的年轻人正在岸上自言自语，显得非常激动，还不时地恶骂几声。我们好奇地问他："小伙子，你怎么了？"年轻人反倒开心起来，把他如何用鱼叉逮住一条大梭鱼，却在把鱼提上岸的前一刻弄断了钓丝，只能眼睁睁地看着梭鱼逃走的经历从头到尾讲述了一遍。

既然如此，还能怎么办呢？谁都有可能遇到这样的事……但令人意外、高兴的是，那条梭鱼竟然肚子朝上浮出了水面，并在微风的吹拂下漂到了岸边。年轻人等了半天，眼看着就要逮住了，却再次让它逃脱了。到现在，他已经在这里等了一个小时，那条梭鱼却再也没有出现。

"你是怎么抓的？"彼嘉问。

"双手捧住鱼肚子。"

"这样看来，您似乎从来没抓过梭鱼：要想抓住这种鱼，就必须把手指伸进它的眼睛里。"

"我知道应该这样做，但是它已经死了，连肚子都已经翻到上面了。"

"就算这样，对待这种狡猾的家伙时也不能掉以轻心，要时刻保持警惕，朋友。"

年轻人可没什么心情开玩笑，他可能是想到了有人用手榴弹炸鱼的事，于是恶狠狠地说："依我看，得用炸弹来对付这帮鬼东西。"

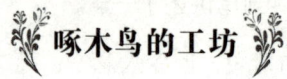 啄木鸟的工坊

另一个自然

阳光照耀在河里浅水处，水面波光粼粼，就像一张用金丝编织的网。在藏青色的芦苇丛和问荆丛中，蜻蜓们欢快地飞来飞去。每只蜻蜓都有一根专属的芦苇或者问荆，它一会儿飞走，一会儿又飞回到自己的芦苇或者问荆上。

乌鸦刚孵出小乌鸦后变得傻傻的，提不起精神来，她正在养精蓄锐呢！

一片袖珍型叶子从天而降落到了水面上，瞧，它的舞姿是多么轻盈、优美啊！

我划着小船沿河而下，对大自然的美景怀着满心的憧憬；大自然如今对我来说是一种"恩赐"，更准确地说，应该是一种说不清、道不明的东西。不久前人类刚从它那里走出来，现在又从它那里有了自己的发明创造——另一个大自然。

两种不同的高兴

我们找到蘑菇后很开心，蘑菇似乎也和我们同样开心。我们除了在休息的时候去寻找森林里的野蘑菇，我们也在自己的地窖里栽种蘑菇。

前一种蘑菇是自己在森林中独自生长的，我们因为不劳而获而感到高兴；后一种蘑菇是我们自己种植的，我们因为收获自己的劳动成果而感到高兴。一个是蘑菇"自己"，与此相对的则是我们"自己"。

作家的成长犹如蘑菇的生长——蘑菇被人发现后便成了食品，只有在被人发现以前才能自由自在地生长，对作家来说，一部作品被拿走后，就得重新回到那个温暖、舒服的蘑菇园里，在细雨的滋润下慢慢长大，直到被食用者发现后连根拔起。只有在阔叶和针叶的遮蔽下，才能静静地完成创作。

啄木鸟的手工作坊

春天来了，我们在森林里观察着大鹅、啄木鸟、猫头鹰的饮食起居。我们曾经做过记号的树木那边突然传来了锯木头的声音。询问后才知道，那是有人为了供给一家玻璃厂柴火，在砍伐枯死的树木。当我们赶到之前做记号的白杨树旁时，到底还是晚了一步，这棵树已经被锯断了，在它的树桩周围，散落着一地被啄木鸟在漫长的冬季啄食了的带着很多云杉球果的空壳。之前这棵白杨树是啄木鸟的作坊，它把四处寻觅来的云杉球果放在白杨树的两根树枝之间，然后慢慢享用。

这两个以伐木为生的农民老头儿，从表面上看来简直就像是被判终身砍柴的老罪人。

"你们和啄木鸟一样。"我们一边指着啄木鸟作坊里的球果,一边说。

"你们这是在干什么啊?造孽啊,你们会遭报应的。"我们对着这两个伐木人,指着躺倒在地上的白杨树说。

"我让你们砍的是枯树,瞧瞧,你们都干了什么好事?"

"我们锯它,是因为这棵树被啄木鸟凿了很多洞。"他们理直气壮地回答道。

这时,大家都仔细地看着那棵白杨树。虽然蛆虫把一截不到一米的树干啃空了,但树木仍然是生机盎然的。不难看出,啄木鸟医生看见这棵树被蛆虫蛀空后,就开始给它动起了手术。它凿了第一个洞,却不知蛆虫已经转移阵地,爬到树干的上面了,这出乎了啄木鸟的料想。

它一连凿了三次,接着是第四次……于是,一棵原本就不大的白杨树干变得千疮百孔,仿佛是一支带有音键的竖笛;直到第八个洞的出现,啄木鸟医生总算找到了树干里的蛆虫,救了这棵白杨树一命。我们锯下了那截死掉的树干,它完全成为博物馆里珍贵的陈列品,供人们欣赏。

"瞧瞧,啄木鸟是森林的医生,它救了这棵白杨树。"我们对伐木老头说。

他们非常吃惊,其中一个还向我们挤眼说道:"我们所做的工作,没准儿并不只是些空球果啊!"

可能自己是作家的原因吧,因此什么都爱拿这个行业去比较,所以当时我心里是这样想的:"我也并不单单只说些没有着落的话啊。"

各自的风格

艺术家的风格产生于包罗万象的激情中。只有明白这一点,亲身体验,学会控制激情并谨慎地表达,你的艺术风格才能从你足以吞噬一切的欲望中诞生,而不只是来源于简单的学习方法中。

永恒的笔墨

想要成为艺术大师,并不需要有多高的天赋,但为此,你必须勤于在创作中寻找永恒的东西(既指人们常说的"自来水笔",又指永恒的笔墨),必须根据已拥有的永恒的东西来进行新的创作,并在新的作品中寻找已拥有的东西。就这样天长日久地积累,不断地为自己的作品增加一些永恒不变的东西,并且持之以恒地做到最好。

如果你一生都能按照我说的做,就会时时刻刻感到信心十足。遗憾的是,很多人在写作时往往缺乏自信,完全凭借自己的天赋,按照"上帝的旨意"进行创作。他们就像"季节之王"一样,即使光芒万丈,也往往只是昙花一现,很快就江郎才尽了,因为上帝收回了赐予他们的东西。

关注你身边的一切

描写树木、山崖、河流、花上翩翩起舞的小蝴蝶,甚至是藏在树根下的蚼螬,都与人的生活息息相关。之所以这样说,不是为了比较树木、岩石或动物,并将其拟人化,而是因为人的生活蕴含在运动的内部,是一股强大的推动力,作用就相当于汽车上的发动机。一个作者,最应该做到的,就是充分发挥自己的才能,使所有看起来远在天边的东西显得更加亲近,让人们更容易理解。

大蘑菇

我今天出门时,心中充满了清晨的欢喜,于是总想找到一个可以抒发情感的载体,像这样的时候我多半很快就能找到:也许是笨重的鸳鹰,正快快不快地从湿滑的树上飞走；也许是云杉，它给你的礼物就是大量的浅绿色的球果；也许是静静地躺在地上的一朵红色的大蘑菇。如果你再回头看，就会看到另一朵，然后是第三朵，第四朵……整片空地上到处都是蘑菇，数不清的蘑菇……

我摘完这朵摘那朵，眼睛一刻也离不开地面，只知道不停地摘。于是，我被寻找蘑菇这个念头捆住了手脚，将全部的心思都放在了这件事上，因此也就错失了从大自然中获得其他东西的机会。

最大的浪费

我在林边和一位正在耕地的农民闲聊时，说起了一件事：要想得到一片白杨树林，必须白白地浪费无数种子——大自然的这个安排实在是太不合理了。

"但是，人们不正是这样吗？"我说，"比方说我们作家，要想让一个东西成长，也必须白白地浪费无数唇舌。"

"因此，"那农民接过我的话，并进行了总结，"既然允许作家说空话，我们又凭什么对白杨树有如此严苛的要求呢？"

肆虐的暴风雪

有时候，尽管心中思绪万千，宛如纷纷扬扬的鹅毛大雪，在天空中肆意地回旋、穿插，一丝线头也抓不住，却丝毫没有凄婉的感觉，这漫天思绪的风雪，就像是从阳光下刮起来的。既然如此，我索性沉浸在这个内心世界里，从这个眼下抓不住任何由头开始思索的内心世界，去展望那遥远的外部世界，没想到却豁然发现那里此刻阳光明媚，在银装素裹的苍茫大地间，也有一股正在飞蹿的风雪。

世界是如此神奇、美丽，它在和人的内心世界遥相呼应的基础上，继续扩大、增强了。现在，我只能从阴影上来判定光的春天：我脚下的路已经被雪橇压过了，路右边的影子是幽蓝的，左边的则是银色的。如果沿着雪橇印记往前走，好像永无止境，可以一直这样走下去……

最珍贵的宝藏

峡谷里的森林很潮湿，而且像地窖一样很黑，伸手不见五指。你历尽千辛万苦，穿过被蛇麻草紧紧缠绕住的赤杨树和荨麻，才逃出这黑漆漆的深渊终于来到山花灿烂、蝴蝶翩翩、树枝缠绕的草地上。这时候，你才真真切切地感受到，才发自内心地体会到，你身边还蕴藏着多么丰富的宝藏。

与如此巨大的宝藏相比，圣约翰节（斯拉夫民族和欧洲某些民族的节日，历史悠久，人们会在节日前一天晚上上山采草药，寻找"蕨草花"，好让它为自己寻找宝藏指路）前夜人人觊觎的财富根本就是沧海一粟，不值一提。突然，你想起这些宝藏之后，反倒会惊讶于人类想象力的贫乏和浅薄。好好看看，没有被人带走的财富就这样毫不掩饰地被你踩在脚底下。它们不是在什么地方的下面，而是在你的眼前：你就尽管去取吧！

你欣喜若狂地看着它们，但是让你觉得奇怪的是，人们为什么会对这些财富视而不见，对这真正的幸福视而不见呢？还是把一切都挑明吧，给人们指路吧！可是，应该怎么说呢？搞不好，你的一片好心会起反作用：人们对你大加赞赏，说所有的幸福都因为你的独具慧眼而毁于一旦了。

像鸟儿一样自由生存

所有的东西都是灰蒙蒙的,路面变成了棕黄色,窗外是春天最初的泪水在滴滴答答着。我走出家门后径直走进了森林,顿时觉得豁然开朗、心旷神怡,简直来到了一个从未见过的大世界。

我看着一棵巨树,心里却想着它最细小的根须——它像头发丝一样纤细,还长着一个戴着小帽的小脑袋。为了寻觅吃食,它在土壤中打通了一条曲曲折折的小路。没错,这就是我置身于森林感到非常激动时所有的体验。甚至可以这样说,我体验到的是一个庞大的整体,而此刻我正在这个整体中描绘自己的根须的蓝图。我的兴奋劲,简直和看见朝阳升起时的兴奋劲一样。

但是,这是一种复杂的感情,总是若隐若现的。我曾多次想寻找它的发端,想永远牢牢地抓住它,就像紧握着幸福的钥匙那样,却总是不能得偿所愿。我明白,宽广的胸怀不是与生俱来的,而是源于无数次痛苦的磨难,是和庸俗暗地里进行斗争的结果。我知道,我的书是我取得的诸多胜利的佐证,但我实在没有信心,假如遭遇的是胃癌等最后的磨难,我还能勇敢地与病魔斗争,并奇迹般地活下来吗?

我还清楚,假如能自由地生存,那热切的关注就会得到极大的加强。所以,现在我就快乐地和整个生活交融,与此同时,却不肯把目光从那个细小的、在苍茫的雪白大地上来回移动的黑色小脑袋上移开。很宽的雪橇把我脚下的路压得结结实实的;路面被踩得凹陷下去后变成了棕黄色的槽,槽的两边呈白色,很平、很硬,明显是雪橇的横木反复碾压而成的,走在上面是一件很舒服的事。

我高高兴兴地在路边走着,看见一只鸟儿在拐弯处后面的棕黄色槽里跟着我一起跑,和我离得并不远。在白雪的映衬下,它的脑袋显得分外醒目,我可以断定,它是一只蓝翅膀的松鸦,非常漂亮。

踏上直路后,除了松鸦以外,我还看见了一只红雀和两只鸲雀,它们也陪着我一起跑——当然也保持着一段距离。

对真理的恭维

在艺术作品中,美丽无疑很美,但美丽的力量却取决于真理:无力的美丽(即唯美主义)真实地存在着,无力的真理却不存在。

自古以来,勇者、伟大的演员和艺术家不计其数,但俄罗斯人最重要的特质不是美丽,也不是力量,而是真理。因为就算是完整的人,但如果浑身上下都散发着虚伪的气息,那么也就算不上是文明的人。他们知道,虚伪是敌人的专利,总有一天会烟消云散。

伟大的艺术家为自己的伟大汲取力量的途径,不是美丽,而是真理。这种如婴儿般天真的对真理的顶礼膜拜,再加上艺术家对伟大的真理的极度恭敬,就成了文学中的现实主义的源泉;没错,我们的现实主义的本质就在于:艺术家对真理的百分之百的恭顺。

作家和写生画家

上午,太阳从"猫尾巴"后面露出了笑脸。中午过后,天空中飘起了热烘烘的绵绵细雨。这对庄稼来说当然是一件好事。吃午饭前,我在格林科沃附近看见了一条小河,那里还盛开着稠李;此外,我还看见了毕恭毕敬地站着的蕨草、款冬和河沿上花团锦簇的黄花。我怎么能错过这难得的美景呢——我用照相机将它们定格在永恒的瞬间。

写生画家正好也是这样勾勒草图的——如果你看见一个写生画家在沼泽地

里画画，那就用不着惊讶。但是不知道为什么，我们看见这些画家时总会觉得怪怪的，也许是因为大多数人都认为作家是在安乐窝里创作的艺术家，只生活在他们自己的小天地里吧。

狩猎的好处

很多人说我身体强壮是因为伙食有营养，并且常常呼吸新鲜空气："您的气色很好，应该还是像以前一样住在森林里吧。您打猎的情况还好吗？"每当此时，我总是彬彬有礼地回答道："森林和打猎是身体健康最大的医生……我要感谢森林，感谢打猎！"

如果他们能在沼泽地里和到处都是蚊子的森林里转悠，能静静地听牛虻唱几个小时的歌就好了！其实，都是一样的——我的狩猎！我所说的狩猎，其实指的只是一般意义上的狩猎，我喜欢用它在人们面前掩盖和辩护隐藏在我内心深处的狩猎。

作为一个追逐自己心灵的猎人，我一会儿在幼嫩的云杉球果上，一会儿在松树身上，一会儿在被从树荫的缝隙里射进来的阳光照亮的蕨草上，一会儿又在花团锦簇的空地上……无论在哪里，我随时都能发现和听出从自己的灵魂深处发出的声音。

这个东西也能猎捕吗？能把这件美事告诉所有的人吗？不用说，几乎没有人能明白。但是，如果你的目的是打沙鸡，情况就会不同了——借着打沙鸡的旗号，完全可以刻画出自己猎捕人的美丽心灵的过程，而隐藏在那美丽的心灵中的，当然也包括我的那一份。

我之所以身体健壮（因为看起来脸色很好），并不是得益于沼泽地上的森林里新鲜的空气，也不是得益于营养丰富的伙食——我的伙食和普通人的没什么两样。我最大的精神食粮就是对美好事物抱有的希望和快乐，我的营养可能就是源于此，因为我已经时刻准备好勇敢地接受那件事了：假如我问杜鹃我还能活多长时间，它竟然连着叫两声"咕——咕"就迫不及待地飞走了。

创造彩色的力量

我坐在汽车里歇息，看着白雪皑皑被阳光照射得异常美丽的森林，一个往日熟悉的念头不禁再次浮现在了我的脑海中：眼前如此壮丽的美景，只有用彩色的画笔才能勾勒出来，对，所有的问题就在彩色上。我不得不再次借用一个定义：创造彩色的无穷力量就蕴含在广阔无垠的空间里……

为笔直的道路而战

我窗前有一片圆形的草地还没有被水淹没，只是均匀地散布着有融雪的地面、水洼和一圈白雪；一道白痕从这些白的、青的、黄的东西上朝远处延伸。这样的痕迹是那么笔直，是自然界中根本不存在的笔直，让人一眼就能知道，这是人在雪天里留下的脚印。

但是，我清清楚楚地看到天空中也有如此笔直的痕迹，甚至把云朵都戳破了。我想了很久，却怎么也不明白：难道不是只有聪明的人类才能留下这样笔直的东西吗？可是，遥远的云端能有什么人呢？

突然，云层外出现了一架飞机，谜底终于揭晓了：原来这笔直的痕迹并非人的杰作。无论是在地面上还是在空中，为笔直的道路而战的事业从未停止。

○ 我心爱的叶芹草

荒 野

荒野里的人只是单纯地沉浸在各自的思绪中；每个人其实都害怕在荒野里生活，因为害怕独处，害怕寂寞。

这件事发生在很久很久以前，但我至今仍难以忘怀；只要我还活着，我就想一直记着这件事。

在已经过去很多年的"契诃夫"时代，我作为农艺师，同另外一个之前我并不认识的农艺师，一起乘马车去了古老的沃洛科拉姆斯克县，帮助那里的牧民播种牧草。途中，我们遇到了一大片望不到尽头的含蜜的叶芹草。它们青翠欲滴、朵朵鲜花点缀其间。在晴朗的日子里，在莫斯科近郊妩媚的自然界中，这片鲜艳夺目的花的海洋俨然成了奇观。仿佛是青年们从远方飞来，在这儿过夜、飞走之后，留下的这片青色的原野。

在这片含蜜的青草丛中，现在该有多少虫儿在竞相争鸣啊。但是，马车在干硬的道路上发出的轰隆声，掩盖了一切，让人什么也听不见。我被这大地的魅力完全迷住了，播种牧草的事情早被我抛到了九霄云外，我现在一心只想听听花丛中虫儿的叫声。于是，我请求旅伴把马儿勒住。

在这里我忘记了一切，我不记得我们停了多长时间，也不记得我在那儿跟青鸟相处了多久，我放任自己的心灵随蜜蜂一起飞舞。过了一阵儿，我回过神来，向那位农艺师转过头去，请他赶车上路。这时我才发现，这位圆圆的脸、貌不出众、饱经风霜的胖子，也正在观察我，他惊讶地打量着我。

"我们为什么要停在这儿？"他问道。

"不为别的，"我答道，"我就是想听听蜜蜂的声音。"

农艺师赶起了车。于是我也在旁边观察起他来，我发觉他有点儿不对劲。当我再多瞥他几眼以后，我就看出来了，这位极端崇尚务实的人也若有所思起来了。也许是因为我的影响，他已经领略到这叶芹草花儿的魅力了吧。

不过他的沉默却让我很不自在。我试图和他聊天，想打破这令人尴尬的沉默，但是我的问话并没有引起他的注意。或许是我对大自然那种非务实的态度，或许是我那略带稚气的青春触动了他的灵魂，使他想起了自己的黄金时代。在那黄金时代里，几乎每个人都是一位诗人。

为了使这位红脸庞、大脑勺的胖子回过神儿，回到现实生活中来，我便和他说起了我们现在面临的十分重要的问题。

"在我看来，"我说，"如果没有合作社的支持，我们播种牧草的宣传，只是一场空谈而已。"

他的回答是："你可曾有过自己的叶芹草？"

"你问的是什么？"我有点摸不着头脑。

"我问的是，"他重复道，"有过她吗？"

我明白了。于是，我像所有的成年男子那样回复他："我当然是有过的，这是不用说的……"

"她来了吗？"他继续盘问道。

"是的，来了……"

"现在在哪儿呢？"

我感到痛苦。我什么也没有说，只是微微地摊开双手，告诉他，现在没有了，早已不见了。之后，我想了想，说起了叶芹草："仿佛是青鸟在这里过了一夜，只留下些青色的羽毛罢了。"

他半天没有说话，沉思后凝视着我，然后自己得出了结论："这么说，她是再也不回来了。"

他环顾了一下那遍地青青的叶芹草，接着又说："青鸟飞过，留在原野上的也只能是青色的羽毛呵。"

他的这句话像是一块沉重的墓石，重重地压在了我关于爱情的坟墓上。原本我还在一直等着呢，可是现在却仿佛永远地结束了——她，再也不会回来了。

可是突然，他却号啕大哭起来，似乎是为了他生命力勃发时候的整个身心。我怜悯他。这时，在我的眼里，他那大脑勺、肥厚的下巴和那由于肥胖而显得细小而狡黠的眼睛，似乎都不存在了。我想对他说些安慰的话。我接过了缰绳，把马车赶到了水边，然后用浸湿的手帕给他擦脸，让他清醒清醒。他很快平复了心情，擦干了眼泪，重新拿起缰绳，继续赶路了。

过了一会儿，我又对他说起了播种牧草的事情，对于我当时的那种做法，我其实觉得自己的见解挺独到的。我说，没有合作社的支持，我们根本没有办法说服农民进行三叶草轮作。

"你有度过美好的夜晚吗？"他对我的这个话题毫不在意，而是接着问道。

"当然。"为了男子汉的尊严，我毫不犹豫地回答道。

他又沉思起来——好一个折磨人的家伙！接着——他又问道："只有一夜吗？"

我不由得心情烦躁，几乎生气起来，好不容易控制住愤怒的我，用普希金的名言来反驳他那关于一夜还是两夜的问题："整个生命就只是一夜或者两夜。"

青色的羽毛

一些向阳的白桦树上出现了金黄色的柔荑花序，姿色艳丽、楚楚动人。在另一些树上，幼芽刚刚吐露，还有一些树上，幼芽已经冒出头来，宛若对世上一切都感到惊讶的小青鸟一般伫立在枝头。它们散落在细嫩的枝杈上，你看这边，还有那边……对天地间的生物来说，这不仅仅是新生的幼芽，还是稍纵即逝的瞬间。于千百万人中，或许只有一个站在前列的幸运儿来得及在它消逝之前伸手去攀折。

越橘上落着一只黄粉蝶，它的背部带着黑色的斑点，翅膀折叠在一起，很像一片树叶。它现在还不能飞舞，因为太阳光还不够强烈，还没有把它的身体晒暖。即便是对于我伸向它的手，它也不打算躲开。

一只翅膀上镶着一圈白边的黑蛾——它就是松毒蛾，昏迷在冰凉的露水中，没有等到黎明的到来，不知道为什么，它像冰冷的铁制品一样跌落在了地上。

有谁见过草地上的冰是怎样在太阳的灼烤下消逝的吗？从草地上遗留的垃圾来判断，这里昨天还曾有一汪清水，而且水量还很充沛。刚入夜时，天气还算暖和，这汪清水几乎全部流走，汇集到大水流中去了，唯有残留的水痕被凌晨的严寒逮住，给草地做了花边。不一会儿，太阳出来了，它把这些花边扯得粉碎，使其变成了一粒粒冰屑。然后，冰屑又化成了金色的水珠，滴落在泥土上。

昨天，稠李开花了，很多城里人去树林里折开花的枝条。我对树林里的一棵稠李很熟悉，为了生存，它持续斗争了很多年。它尽全力往高处长，好躲开人们折树枝的手。它成功了，如今那树身光秃秃的，就像棕榈树一样没有一根枝丫，只在树梢上开满了白花。这样，人们就无法攀登、无法攀折了。而另一棵就明显憔悴多了，它身上现在只剩下几根突兀的粗枝了。

人世间常常会有这样的遗憾：一个人百般怀念另一个人，但是因为各种不凑巧，这种怀念终归落了空。如果人生中遭遇到了这种憾事，那么无论从事什么学问的研究，都不能使他产生心灵上的满足了。不管是天文、化学、艺术还是音乐，都是一样的。因为这种遗憾会将他的世界分成截然不同的内心世界和外在世界……

在现实生活中，这样的情况比比皆是。由于人情淡薄，有人将整个内心生活都寄托在一条狗的身上，在他面前，这条狗的生命比物理上任何最伟大的发明都更具有现实意义，即使那项发明足以给全人类带来生存所必需的全部粮食。

也许有人会问，那些把自己全部感情寄托在一条狗身上的人，是不是有什么问题？可能他们有些偏激。但是，想想自己我就能理解了。由于我年轻时也有过青鸟，那是我幸福的叶芹草，以至于我的心中至今还保存着它青色的羽毛！

乌云笼罩下的河流

晚上，我脑子里出现了一个含糊不清的想法，于是走到外面，通过河流看清了自己的内心。

昨天夜里，碧空万里，这条河和星辰，甚至整个宇宙完美地融合在一起了。而今天晚上，月色朦胧，这条河被乌云挡住了，仿佛在河和宇宙之间盖上了一层被子，无法再和宇宙遥相呼应了。没错，再也不能遥相呼应了！

于是，我在河里看清了自己的内心，明白了自己的真实想法。要是不能和整个宇宙遥相呼应，那么我就和河一样，一点儿过错也没有。因为我对于已经远去的叶芹草的思念，宛如一道黑色的幕帐，横亘在了我和宇宙之间。

但是不管怎么说，河始终都是河，河水在黑夜里粼光闪闪，奔流不止。而河里的鱼儿，在乌云的笼罩下感受到了大自然的温暖，时不时地拍打起水花，比昨天夜里繁星点点、寒气逼人时拍得更起劲，更用力。

离愁别绪

这个早晨多么美好啊：露珠像透明的珍珠一样闪闪发光，到处都是好看的蘑菇，小鸟儿欢快地歌唱着……但可惜的是，现在已经进入秋季了，小白桦树开始变成了黄色，白杨树则开始微微抖动着叶子喃喃细语道："诗无从作起了——露水马上就要干涸了，小鸟儿马上就要离开了，茁壮成长的蘑菇最终还是难逃腐烂的命运……诗无从作起了……"而我，也得忍受这种离别，随掉落的黄叶一起四处飘零，不知所踪。

求偶之行

山鹬这时候本应该展开求偶之行，一切都显得那样美好，但主人公竟然没有现身。我沉浸在回忆中难以自拔：现在失约的是山鹬，但在很多年前，没有出现的却是她。她很爱我，但她认为，爱并不能彻底回报我对她的激情。这就是她失约的理由。我的这次求偶之行因此宣告失败，我再也见不到她了。

在这个妙不可言的黄昏，百鸟齐唱，万物俱在，唯独山鹬没有出现。两股水流在小河里狭路相逢后，发出了拍打声，但很快就恢复了安静，河流仍然像以前那样，沿着春天的草原慢慢地流动着。

后来，我不禁开始思索：虽然她没有出现，幸福却意外地降临了。她的样子早已随着岁月的长河流向了远方，并且日益变得模糊，但她留给我的感情，却促使我付出毕生的精力去寻找和她一样的人，只是我总是一无所获——即便我对普天下的所有事物都是那么热衷、关心。

因此，这世上所有的一切，就像人的面孔一样，在她一个人脸上浮现出来。

这副面孔的姿容宽阔无边，足够我欣赏一辈子，并且每到春天，我都会看到一些新的美景。我无疑是幸福的，唯一的遗憾就是不能使全天下所有的人都像我一样幸福。

我的文学生涯之所以能长盛不衰，最重要的原因就是：我把自己的文学生涯当成生命一样去呵护。在我看来，无论是谁，都能像我一样：来吧，你可以试着忘记你在情场上失意的痛苦，将满腔的情感转移到一个个文字或语句中，必定能受到读者的青睐。

此刻我还有一个想法：我的幸福与她来或者不来没有任何关系，只与爱情有关。人只要有爱情，就会有幸福感，因为爱情本身就是幸福的，而爱情和"才情"往往密不可分。

为了这个问题，直到天黑，我才觉得豁然开朗：山鹬已经彻底离开了我的视线，再也不会回来了。想到这里，我心如刀割，忍不住低声对自己说："猎人啊猎人，那时你为什么不挽留她呢？"

与阿里莎的对话

那个女人走后，阿里莎问我："你知道她的丈夫是谁吗？"

"不知道，"我回答道，"我从来没有问过她。我觉得，无论她的丈夫是谁，都和我们没有任何关系，对我们来说都是一样的。"

"怎么能都是一样的呢？"阿里莎不满地说，"您和她关系熟，经常在一起谈天说地，却从来不想知道她丈夫是谁。如果换作是我，早就问她了。"

有一次，她来探望我，我虽然想起了阿里莎的话，但仍然没有问她。为什么会这样呢？很简单，因为她身上的某一点特质让我非常喜欢。我猜想，必定是她那对好看的眼睛，勾起了我对年轻时狂热喜欢过的叶芹草的美好回忆。不管怎么说，她吸引我的一点，和从前叶芹草吸引我的地方不谋而合。我对她的感情，不仅没有唤起我亲近她的冲动，反而迫使我完全忽略了她的日常生活，至于她的丈夫是谁，她的家庭怎么样，她住在哪里，对我来说一点儿也不重要。

她离开之前，已经忙碌了一天的我正好想休息一下，出去散散步，呼吸呼吸新鲜空气，顺便还能送她回家。我们一起走到外面，此时气温非常低，黑漆漆的河水冷得刺骨，蒸汽的气流四处飘散，河里的冰块发出了窸窸窣窣的声响。

这一切，顿时增添了河水的威严感，让人望而生畏，看起来更像是深不见底的深渊。就算是万念俱灰，下定决心跳河自尽的人站在这无底深渊跟前，也会被吓得失去轻生的勇气，毫不犹豫地扭头回家，庆幸地升起炉火，喃喃自语道："跳河自尽？上帝啊，这是多么愚蠢的想法啊！那里怎么能和家里比呢，与其去那个黑得吓人的地方，还不如舒舒服服地坐在家里喝茶呢！"

"您对大自然有什么感情？"我向新的叶芹草提出了第一个问题。

"对大自然的感情？您指的是什么？"她反问道。

作为一个有教养的女人，她对大自然的感情已经耳濡目染过无数次。但是眼前的她，提问是那么直率，态度是那么诚恳，很明显，她是真的不知道大自然的感情到底是什么。

"也是，既然她，或者叫叶芹草，对我来说就是大自然本身，她又怎么可能知道呢？"我在心里暗暗嘲笑自己的傻气。

想到这里，我觉得十分惊讶。

由于有了这个新的感受，我不由自主地想再好好看看她那双迷人的眼睛。我想通过它们，看到我那真诚地爱慕、永远纯洁无瑕并且不断孕育"大自然"的内心。

但很可惜，这时天已经黑了，我那如江海般奔涌的强烈感情，遭遇了黑暗的阻挠，被挡了回来。而我心里的另一个我，重新提出了阿里莎问我的那个问题。

此时，我们正肩并肩走在一座巨大的铁桥上，当我正想开口问叶芹草那个问题时，却突然听见一阵像铁一样沉重的脚步声从身后传来。我根本用不着回头看站在铁桥上的大力士是谁，因为我已经猜出了他的身份。他就是权威的代言人，是上帝派来惩罚我年轻时梦想破灭的使者，而现在，那如诗歌般美好的梦想再次来袭，企图偷换我对人的真情实感。

他走到我旁边后，只是轻轻地一推，我就翻越了栏杆，掉进了令人恐惧的无底深渊。

后来，当我在床上清醒过来时，我心里是这样想的："原来，阿里莎一直关心的那个问题，并不像我之前认为的那样愚不可及。要是我年轻时没有用梦想代替爱情，就不会失去那美丽的叶芹草了，也就不会在多年后的今天，仍然经常在梦中与黑漆漆的深渊相遇了。"

无底深渊的考验

如果有人说，深渊一直在诱导他，让他心甘情愿地投入其中的话，意思就是说，他是个坚强的人，此刻已经濒临深渊的边缘，并且竭尽全力控制自己的言行。对胆小懦弱的人来说，深渊起不到任何诱导作用，而是直接把他们平平安安地送上了岸。

准确地说，深渊其实是对所有人所具备的、无可替代的力量的一种考验。

人生的岔路口

路标指向三个不同的方向，三条路延伸到远方。选择不同的道路，区别在于路上会遇到不同的困难，但最终的结局都一样，都是死路一条。幸运的是，我并没有选择路标所指的任何一条路，而是从那里返回来了。对我而言，路标不但没有指向三个危险的方向，而且将三条危险的路合并成了一条安全的路。我庆幸自己遇到了这个路标，在它面前思考了一段时间后，我顺着唯一安全的道路回家了。

水滴和石头的对抗

窗子外面依然结着厚厚的冰，屋檐下面挂着一根根亮晶晶的冰锥。然而太阳出来没多久，在温暖的阳光照耀下，冰锥就开始滴水。水滴一滴一滴落下，在临死前发出"我！我！我"的声音。它的生命很短，只有一瞬间，只来得及发出"我"的一声感叹，为生命的无能为力而悲哀。

水滴不断落下，在地面上砸出一个小坑；冰锥不断融化，最终消失了，可是亮晶晶的水滴依然叫着"我！我！我"从屋檐上落下。

"我"的一声，水滴落在石头上。石头又硬又大，不知道从何时起便待在了这里，而且会继续在这里待下去。水滴却只有一瞬间的生命，只有一瞬间为自己生命的短暂而悲痛。

然而"水滴石穿"的道理是不会变的。一个个"我"汇聚成强大的"我们"，不但可以洞穿大石，甚至可以形成洪流，将石头冲走。

会治病的留声机

失去朋友是一件多么不幸的事情啊，连周围的人都能看出我内心的悲伤。房东的妻子是一个善良的人，她察觉到了我的痛苦，于是悄声问我为什么如此伤心。她是第一个对我表示关心的人，这让我很感动，我就把叶芹草的事情告诉了她。

"您不必难过，我马上就帮您治疗内心的创伤。"女房东一边说，一边让我看她的留声机，让我到花园里去。那是树林旁边的一片空地，丁香正在绽放，叶芹草也开着淡青色的小花，勤劳的蜜蜂正围着花朵忙碌不停。好心的女人把唱片放进留声机，开动机器，当红歌手索皮诺夫的歌声随之响起。他唱着连斯基咏叹调，每一句歌词都浸润着爱情的滋味，饱含着叶芹草的甜蜜，散发着丁香的清香。

许多年过去了，无论走到哪里，只要听到连斯基咏叹调那熟悉的旋律，我的脑海中就会浮现出蜜蜂、叶芹草、丁香和女房东。时至今日，我终于明白，女房东真的治好了我的心病。

随着时间的推移，我身边的很多人都看不起留声机了，说它是小市民做派。每当这时，我总是沉默不语。

激发生存欲望的词语

我这儿来了一个满面愁容的人,他自称是我的"读者",请求我说一个词语,让他能够从中得到生活下去的勇气。

"您是一位作家,"他说,"我看过您的作品,您肯定知道一个这样的词语,请您说给我听吧。"

可是我脑海中并没有储存拥有如此神奇用途的词汇啊!我只能向他实话实说。倘若我知道这样一个词语,我一定会告诉他的。

然而他听不进任何解释,一个劲儿要我说出这样的词语。说着说着,他竟难过地哭了起来。

最终,他起身决定离开。看到自己随身携带的包扎好的长筒靴,他又大哭了一场。他边哭边向我解释:他出门的时候穿的是毡靴,想到也许天气会变得温暖,便随身带上了长筒靴。

"这么说来,"他自言自语道,"我曾想到温暖的春天会到来,这说明我的心中还有生的欲望啊。"

他的话让我颇有感悟。我突然想起,多年以前,我也如他一般期待着春天,以便驱赶失去朋友带来的痛苦,后来我也得到了一些安慰的话语。这让我很高兴,我知道一些安慰的话语,它们曾在我的笔下出现,只不过这个读者没有领悟罢了。

一些东西在我脑海中浮现,我尽可能地想着,并将它们全部告诉了那个素昧平生的读者。

原来歌德也会错

我第一次发现，原来黄鹂可以唱不同曲调的音乐。

这让我想起了歌德，他曾经说过：在大自然所创造的所有物种之中，只有人类是有个性的。我并不认同他的说法。在我看来，人类是既能创造个性多样的精神财富，又能创造没有任何个性的机械的。而在自然界，任何存在都是有个性的：就连自然规律本身，都在不断变化的大自然中变化着。所以，即便是歌德，他的话也可能是错的。

劳动的幸福

清晨，森林里静悄悄的。黎明来临之前，严寒拂过大地，把一切都梳理了一遍，到处都是干干的。

太阳出来了，只用了一会儿的工夫，就把严寒的努力全部化为过眼烟云。在温暖的阳光的鼓动下，一切都动了起来。不信你看，在阳光照射比较多的地上，青草嫩嫩的叶尖上已经挂上了小水珠。

在一棵我叫不出名字的树上，冒出了一些可爱的幼芽，上面还有一些细丝。它是什么树又有什么关系呢？我并不想知道它的名字。

忽然，我回想起了我所度过的所有春天，它们仿佛和这个春天融合了，——在我眼前浮现，它们给我的感觉也完全相同。大白天的，大自然仿佛带我一起做起了结婚的梦。

早春把我带回了曾经的一天，那是我所有梦的开始。一直以来我都以为我对大自然的敏感开始于那一天，开始于我第一次同大自然相见的那一天，然而，现在我才醒悟过来，我对大自然的敏感，源于我与一个人的偶遇。

那要追溯到很久以前，要从我的青年时代开始说起。那时，我正在他乡漂泊，我第一次下定决心抛开对叶芹草深深的爱恋。然而这个想法一出现，我的心里便一阵剧痛。不过幸运的是，这剧痛也成为了我无边的快乐生活的开始。

人类的劳动中蕴含着无穷的美和快乐。我发现，参加劳动获得的幸福，足以抵消失去叶芹草带来的痛苦。我回想起过往的岁月，回想起年少的自己在大自然中的感悟。

独自在异乡漂泊时，故乡在记忆中会变得无比美好。这时候，我的脑海中便会出现初次和大自然相遇的场景，故乡的亲人也变得格外亲切起来。

我和老鼠

和春天结伴而来的还有汛期。一只老鼠艰难地在水中游着，寻找可以落脚的地方。眼看它就要支撑不住的时候，一棵露出水面的灌木出现在它眼前，它拼命地爬了上去。

这只老鼠和其他老鼠一样，本来过着平凡的生活，日复一日，无需思考。可如今，它必须考虑如何生存下去。残阳如血，照得老鼠脑门儿发亮。老鼠黑黑的眼睛已经充血，向外放着红光，流露出一只绝望边缘的老鼠最后残存的理智。

人生一世，草木一秋，一只老鼠也只能在这个世界上走一遭儿。如果它想不出脱困的办法，生命就会从此消逝。尽管老鼠一代又一代繁衍，却不会再有和它完全相同的一只老鼠出现。

我的青年时代，也仿佛如这只老鼠般陷入了困境。区别不过是，它遭遇了大水，我经历了失恋。失去叶芹草一段时间后，我在悲哀中有所感悟，等我的心情完全平复下来，我带着爱情的语言来到了人们中间，就像老鼠登上了活命的陆地。

白桦树的启发

在腐败的杂草树叶下面，一点绿色悄悄冒了出来。那是一株小草偷偷伸出了一片新叶。它顽强地生存了下来，吸收着周围的养分，为发展壮大做着准备。终日和腐烂的杂草树叶作伴，想起来就可怕；而受到大自然如此对待，还能顽强地坚持自我，绽放出自己的光彩，又是多么不容易啊！我只要看中一样东西，无论是一片叶子、一棵草，还是眼前这两棵不高的白桦树，它们在我眼中就会变得和我一样重要，远不是它们那些变成肥料的同伴可比拟的。

被我选中的两棵白桦树还很年轻，和我差不多高，长得几乎一模一样。在叶子全部掉落、新芽还没抽出来的时候，两棵树的树枝交织在一起，像是织起了一张大网，在蓝天的映衬下，每一根树枝都清晰可见。

一连好几年，我经常去欣赏这张树枝结成的精美大网，它们就像一个由树干领导的专权国家，每一年都会有新的树枝长出来。我认真观察着它们，想要弄清楚这个复杂生命的生长史。

多亏了这两棵白桦树，才让我想通了很多事情。每每想到那两棵并不依靠我而活着的树，靠近那两棵树，我的心胸就会变得开阔起来。

今天傍晚时分，天气十分冷，我的心情也有点糟糕。我以前曾猜想，白桦树是有"心灵"的，然而今天我却觉得，那只不过是我的一厢情愿罢了。我的想法充满了诗意，所以会认为它们有心灵，实际上它们根本没有……

天空晴朗无云。忽然，一滴水落在了我的脸上。我以为是鸟干的好事，于是抬头观望，可是哪里有什么鸟的影子呢？我什么鸟都没发现，而又有一滴水落在了我脸上。这一下，我明白水滴的秘密了。我正站在一棵白桦树的下面，树上有一根小枝条断掉了，树液正从断口往下滴。

这让我变得兴奋起来。我想去看看那两棵白桦树，但突然又想起了一个老朋友。他把他的恋人当成圣母玛利亚，可和她相处久了、关系更加亲密之后，他感到很失望，于是把自己的爱情称为性爱的抽象。每当我想起这件事，我的脑海中总会产生不同的想法，如今白桦树又在这件事情上给了我新的启示。

"并不是所有人都像我的那个朋友一样，"我想，"比如像我这样的人，就可以将叶芹草一直放在心中。虽然我整天和大家一起生活、工作，别人却不能发现我的爱情。无论是恋人还是白桦树，只要有爱，就会有'心灵'。"

就这样，在一个平常的傍晚，在几滴白桦树液的启发下，我又觉得我那两棵白桦树是有心灵的。

最后的告别

趁太阳没出来，寒冷跑到了森林中，它藏在空地的旁边，想看看空地上接下来会发生些什么。天色尚未完全亮，朦胧的森林中似乎有一些东西走过，但却看不清楚是什么。慢慢地，空地被一层白霜完全覆盖了。

太阳出来了，白霜抵挡不住阳光的温暖，融化后消失了，森林中出现了一些绿色。只有在树木和土墩所遮挡的阴影中，还有一点霜雪偷偷躲藏着，保留着一点白。

整个森林都快要变成金黄色了。蓝蓝的天空中，白云不断变换，像是风儿在吹着树叶，又像是鸟儿在集体迁徙，朝着温暖的他乡飞去。

风儿可能是最勤快的了，夏天，它四处转悠，哪怕是在枝叶最稠密的地方，它也会在每一片树叶上留下自己的印记。转眼间，秋天就要来了，勤快的它又开始忙着收获。

黄叶片片凋落，悄悄地同树木说着告别的话。它们总是这样，一旦离开了自己的天地，等待它们的结局只有一个——消亡。

我又想起了叶芹草，这让我在秋日里变得如春天一般欢喜。也许，我离开她如同树叶与树的离别，然而我毕竟不是树叶，而是人。或许，离开她是我的必然选择。失去她后，我才和整个人类世界真正亲近起来。

一场解救树的行动

冬天来了，皑皑白雪从空中落下。一棵白桦树像人摊开双手一样展开顶层的枝叶，捧着纷纷飘落的雪花。雪渐渐在上面堆起了厚厚的一层，把树梢都压弯了。不巧的是，雪接二连三光临了这里，白桦树上厚厚的积雪变得更厚了。白桦树不堪重负，树梢埋进了地上的积雪里，整棵树弯成了弓形，像一座拱门立在雪里，直到春天来临。

在整个冬天里，不时有野兽穿过拱门，一些滑雪的人也选择了滑过拱门。拱门的旁边，笔直地站立着云杉树，它们高傲地看着被压弯的白桦，就像君王看着匍匐在自己脚下的臣子。

春天来了，积雪融化，白桦树终于解放了，又昂首挺胸地站在云杉旁边。如果在冬天白桦树没有被压弯，那么它便能一直和云杉树并肩站立。可如果它曾经屈服过，那么即便雪不是太大，它也会弯下身子，在小路上形成一个拱门。

下雪较多的冬天，在年轻的树林里穿行是很危险的，而且几乎不可能进去。那些宽阔的道路在夏天时畅通无阻，但到了冬天却处处都有由树组成的拱门阻拦，有些拱门甚至低得只有兔子才能钻过去。

我知道一个好办法，只要简单动一下，就不必费尽力气地弯着腰从拱门钻过了。在雪地里行走时，我会随身携带一根结实的粗树枝，遇到拱门，只要用粗树枝用力一击，树上的积雪就会簌簌落下，于是白桦树挺直了腰杆儿，我们也就可以畅通无阻地通过了。我慢慢向前走着，不时用粗树枝挥出魔幻般的击打，沿途解放了许多树。

有生命的烟

昨天夜里，我来到了莫斯科。一觉醒来，窗外的一缕青烟告诉了我时间：黎明就要到来了。

那边不知道是谁家的房子，烟囱中冒着缕缕青烟，就像一根颤抖的圆柱子，在黑暗中依稀可辨。眼前没有看到活的人，却看到了这活的烟，我的心随之激动起来，在寂静的夜里发出清晰的砰砰声。

黎明前最后的时间里，我把额头贴在玻璃窗上，与窗外的烟相顾无言。

生存之战

随着时间的推移，白桦树上的黄叶不断落下，无论是云杉树上还是蚂蚁窝旁，到处都是黄叶。终于，最后一片叶子也落下了。

夕阳懒洋洋地照着大地，映得小路上的松针闪闪发光。我走在林间小路上，一边走一边欣赏周围的美丽景色。森林就像是海洋，林边是它的海岸，林中空地是它的海岛，岛上生长着几株云杉，挨得很紧，我就坐在它们底下休息。

云杉树顶似乎有声音传来，我抬头望去，惊奇地发现那里热闹极了。树上挂满了松球，松鼠、交喙鸟上上下下忙个不停。想必那里还有许多我不认识的生物吧。时不时地，球果壳会从树上飞下来。

如果我们拥有一双聪慧的眼睛，并且对世间万物充满同情，那么对我们来说，这里就是一部精彩绝伦的百科全书，可以让我们随心所欲地阅读。就拿松鼠剥落的云杉树球果的种子来说吧。起先，有这么一粒种子，落在了白桦树下的土壤里，白桦树为它遮风避雨。在白桦树的细心呵护下，一棵小云杉冒出了地面。云杉的根四处扩张，遇到了白桦树裸露在外的根，于是从它们上面爬了过去，扎到了旁边的泥土中。

现在，云杉树已经超过了白桦树，它们在地上的根依然紧紧盘在一起。

静与动

我骑车来到了一块草地上，这里草木繁茂，开着许多我认识或不认识的小花儿。

我把自行车靠着树上，找了一块干净的圆木坐了下来。这是我的习惯，活动一会儿后就会静下来思考。可是刚才的活动耗费了我的体力，我的自制力没有了，也使唤不动脑子了。

能控制方向就算是会骑自行车了吗？显然不是。真正的难处在于无论自行车如何动，我们都要保持内心的平静。

内心越是平静，便越发能感受到生活中的动。

波涛汹涌的大河

歌德曾经很认真地说过，一个人在面对大自然的时候，会将他心中所有的美都释放出来。

有时候会发生这样的情形：有一个人，他心胸狭隘，时常发生的各种小口角显得他更加自私小气。他站在大河旁边，望着奔腾不息的大河，顿时觉得豁然开朗，于是宽恕了一切。

这又是为什么呢？

神奇的牧笛

尽管天气热起来了，但早上的雾气依然很重，让人感觉有一些寒意。

一大早，牧童就赶着牲口出去了，到中午再把它们赶回来，这样牲口就可以躲过野外牛虻的叮咬。牧童的牧笛有一种奇异的能力，它能传进每家每户，也能感染每一个沉睡中的灵魂。

今天，那旋律传进了我的耳中，我突然觉得，就这样平平淡淡地生活下去也挺好的。在这样的生活中，真正的幸福并不是靠拼命索取得到的，而是你所选择的生活的必然结果。在生活中，我和别人交往，因为我想和他们说说话，想和他们交流沟通，不需要勾心斗角，也不用百般猜忌，一切都是自然而然的：相比金钱，人们真正需要的是关心。

真正可悲的是悲观的想法

天气突然就变暖了，彼嘉决定出门捕鱼。他来到泥炭湖，撒下渔网准备捕捉鲫鱼。

湖对面的岸上长着十几棵一人多高的小白桦树，夕阳西下，白桦树在湖上拖出了长长的影子。青蛙叫了一天似乎累了，停止了歌唱，夜莺也消失不见。原本吵闹的世界变得安静了。

尽管这个夜晚很美妙，可是一个悲观的人心中仍然会产生可悲的想法，无法享受这静谧的夜。彼嘉一直在担心，今年还会不会还像去年一样，有人趁他离开后偷走他的渔网,所以他整晚都没睡好。

天刚刚放亮,他就穿上衣服跑去看他的渔网。果然,在湖边他放渔网的地方站着十几个人。他感到无比愤怒,想要保护自己的渔网,决心不顾一起和他们搏斗。他冲到了湖边,却突然停下脚步,脸上露出了笑容。因为那里站的不是人,而是十几棵小白桦树。一夜之间,它们穿上了春装,远远望去,就像一群人并肩站立。

秃顶人的自我安慰

以前我一直挺纳闷儿的:秃顶的人为什么没有为此感到羞愧呢?

他们把头顶上最后残存的头发梳理得整整齐齐,缠绕在头顶上,甚至把上面打理得油光锃亮,这奇怪的嗜好又有什么目的呢?穿着晚礼服却大腹便便、秃顶的男人、一身天鹅绒装扮,浑身珠宝闪烁却面黄色衰的老处女,怎么好意思出现在人们面前呢?而且还用那么贵重的衣衫、首饰装扮自己?

然而二三十年过去了,我也不得不用最后的头发尽力掩盖光秃秃的头顶。一天,别人掀开我的头发说:"您有这么英俊的额头,这么潇洒的秃顶,为什么要掩饰呢?"我顿时有所感触。

渐渐地,我不再计较秃顶了,我也不再计较其他的缺陷……甚至连失去叶芹草都不再计较了。秃顶也好,大腹便便也罢,都再也不能扰乱我的思绪。倘若说我还有什么不满意的,那就是我无法容忍平庸的人。

在我看来,天才就像人的头发,终有一天会离你而去,而且你也不会为此计较。毕竟,天才不是你创造出来的,而是像头发一样长出来的。如果你不去用它,它就会像头发一样脱落,这也就是所谓的作家"才尽"。天才不重要,重要的是谁在掌控天才,这掌控权是绝对不能失去的。一旦失去,损失就不可挽回。

这已经不是秃顶了,而是失去自我。

只要"我"还在,那么就不必为失去而难过。有这样一句老话:"脑袋没了,就不会为头发而哭泣了。"现在,我们可以这么说:"只要有脑袋,头发总会长出来的。"

离别后的重逢

我正满心惊叹地看着一条小溪的源头。

小山上生长着一棵高高的云杉,雨水从树枝汇聚到树干,并一路发展壮大。它流经树干的弯曲处,有时也消失在树干上浅绿色的苔藓里。流水汇聚到地上,形成了一个小水洼,不时有水珠儿从树上滴下来,砸在水洼上溅起一朵朵小水花。

水洼中的水越来越多,渐渐有了决堤的趋势。一股水流了出来,被路拦住了,路成了它们的堤坝。然而水流越来越急,越过了堤坝,朝着小河奔流而去。河水不断高涨,淹过了旁边的赤杨树。

朦胧细雨中,时常有鸟儿飞过,可是我视线模糊,认不出是什么鸟。它们一边飞一边叽叽喳喳地叫着,我努力想听清楚它们在讲什么,可惜哗哗的流水声太吵了。它们落在了河边的一棵树上,我朝着它们走去,想要搞清楚到底是哪位客人这么早就光临了这里。

我听着潺潺的流水声和清脆的水滴声,脑海中思考着自己,想着心中多年无法痊愈的伤痕……想来想去,我陷入沉思,得到了一些感悟。

当一个追求幸福的人还和流水、雨滴、鸟儿待在一起时,他还不能算作一个真正的人。要成为一个真正的人,迈出的第一步就是和这一切分离,这也是意识的第一级阶梯。我就这样顺着阶梯,一级一级往上爬,同一切告别,经历各种痛苦，逐渐上升为一个抽象的人。

苍头燕雀的歌声将我带回了现实。我再次分辨刚刚飞来的鸟儿的叫声，确定它们全是燕雀。它们的数量非常多，有的落在树上，有的落在田野中，叽叽喳喳叫个不停。我一直期盼着它们的到来，但当它们真正来临时，我又担心它们的数量不够多，生怕自己思考过了头而错过同它们相遇。

今天我可能错过了燕雀，明天我则可能错过一个活着的好人。因为没有得到我的帮助，他不幸离开了人世。我突然领悟到，成为一个抽象的人后，我犯了一个根本性的大错误。

与叶芹草女儿的偶遇

许多年过去了，我早已没有了她的消息，甚至连她的容貌也已经忘记。仅凭外貌，即使我在人群中偶然遇见她，也肯定认不出来。可是她那双北极星一样的眼睛在我心中清晰无比，我永远都能马上认出来。

一天，为了买东西，我去了信托商店。我找到自己需要的东西，付钱后拿到了取货单，站在队伍里等待取货。我旁边还有一队人，他们手上只有大额钞票，收款处找不开钱，所以让他们排队等待零钱。一个女孩从那个队伍里走向我，希望我能给她兑换五个卢布的零钱，她需要用两个卢布。我的手头恰好有两个卢布的零钱，而且我很乐意将这两个卢布送给她……

大概她没有明白我是想把零钱送给她，又或者是她在陌生人面前有些羞涩，她犹豫了老半天才伸出手。我把零钱拿给她的时候，看了她一下，这让我有些吃惊。她的眼睛像极了北极星，分明就是叶芹草的眼睛！一个念头出现在我脑中：莫非，这是"她"的女儿？

然而就是我的这么一看，她却再也不肯接受我的零钱。可能是因为她突然明白了过来,我是要把零钱送给素不相识的她。

仅仅才两个卢布而已,又有什么关系呢?我伸出拿着钱的手。

"不!"她说,"我不能白白拿您的钱。"

然而在我认出那双眼睛后,我就决定听从她的命令。只要她开口,我便会力所能及地满足她的要求,哪怕倾我所有……

我像一个乞丐一样用哀求的目光看着她,语气中充满了请求:"请您收下吧……"

"不行!"她再次拒绝了我。

我的脸上出现了遭遇不幸、被人抛弃而饱尝孤独滋味的痛苦表情。她看着我,似乎有所感悟,露出了专属于叶芹草的笑容。她说:"你看这样好吗?我给您五个卢布,您给我两个卢布。"

我开开心心地收下了她的五个卢布,发现她在看着我,眼中满是理解和尊重。

像老椴树一样

我的脑海中浮现着一棵长满裂纹的老椴树。它曾忠心耿耿为老主人服务,如今又毫无保留地为我服务。这样的日子有多久了?它却从未有过二心。

它为别人无私服务的精神让我钦佩不已。就像椴树开出美丽的花朵,我的心中产生了一个美好的希望:也许有一天,我会和椴树一起开出鲜花,芬芳灿烂。

快乐

痛苦如果在一颗心中不断积累,越来越多,那么终有一日,它会像柴草一样燃起熊熊烈火,并在欢乐的火光中化为齑粉。

胜利之歌

亲爱的朋友,如果你是一个失败者,那么无论在北方还是南方,你都没有立足之地。对失败者而言,大自然就是他落败的战场。然而,如果你是一个胜利者,哪怕只有荒凉的沼泽曾见证你的胜利,那么沼泽也会为你百花盛开,群芳竞艳,而春天,将永远为你唱响胜利的赞歌。

最后的春天

也许,这个春天将是我生命中最后一个春天了。无论是青年人还是老年人,在春天来临时,都应当想到这也许是他的最后一个春天,而且他永远无法回到这个春天了。

只要明白这个道理，春天带来的欢乐便会增添许多，春天也会变得更加缤纷多彩。所有的东西，哪怕小如苍头燕雀，都会格外亮丽，而且它们都在用自己的方式发表宣言：在这最后的春天里，它们也有存在和享受春光的权利。

秋天的离别感悟

秋天来了，周围弥漫着离别的伤感，万物都在悄悄说着告别的话语。在一个阳光明媚的日子里，一种特别的声音加入了窃窃私语，那就是我的声音！

我突然觉得，我们所有的生活其实就是一天，我们所有的生活其实也就是一种，而且只有一种，就像是阴雨连连的秋季里唯一的一个晴天。这便是我全部人生智慧的结晶。

永不放弃的杜鹃

一棵白桦树倒在路边，我走累了，于是坐在树干上休息。一只杜鹃也许没看到我，在我身边的树枝上落了下来，旁若无人般"咕"地叫了一声。

我的心思动了一下，想靠它猜猜自己还能活几年。

"一！"

"二！"我在心里数着。

它发出第三声鸣叫就起身飞走了，我竟然没来得及数到三。

这样看来，我剩下的生命已经不多了，然而我并不难过，因为我活得够久了。但我有些心烦，如果我这两年一直在准备做一件大事，万事俱备的时候，"咕"的一声我离开了……那可真是太悲惨了。

那这件事还有准备的必要吗?

"没有!"我这样告诉自己。

我站起身来准备离开,转头最后看了一眼倒下的白桦树,心里变得高兴起来。这是一棵多么了不起的树啊!这虽然是它的最后一个春天,但它依然为了这个春天而吐露出嫩绿的新芽。

岁月的痕迹

那些绵延起伏的群山,比如高加索山,里面有许多地壳运动沧海桑田的痕迹,林林总总,有的看上去恐怖极了。

站在那里,可以看到历史仿佛正在重现,激流劈开了高山,冲得大块乱石四处滚动。我们莫斯科也曾经历过这种剧变,只不过那已经是亿万年前的事情了。如今,愤怒的洪水已经过去,小山岭上长满了郁郁葱葱的植物,就像一张巨大的笑脸。

害羞的女孩

这片树林可真茂盛啊,连太阳都被挡住了。阳光从斑驳的缝隙中透进来,这才让你确信时间已经是清晨。金灿灿的阳光不断驱走森林中的黑暗……

沿着小路走进森林,好像进入了山洞,四周瞬间暗了下来。可是你如果环视四周,就会被美丽的景色惊呆,心中产生一种妙不可言的感觉。

我想无论是谁,在这种情况下都会身心放松、豁然开朗。我的思绪变得欢乐而轻快,四处飞奔,寻找一个又一个藏在森林中的光斑,一直来到了阳光明亮的空地上,突然拥抱住一棵笔直冲天的云杉,就像小姑娘拥抱她最喜欢的白桦,害羞的女孩把红彤彤的脸蛋儿藏在白桦茂密的绿叶中。在阳光的沐浴中，它兴冲冲地在空地之间来回飞奔。

念旧的老椋鸟

一只只小椋鸟破壳而出，翅膀长硬后就都飞走了。苹果树上的椋鸟窝废弃了，成为了麻雀的新居。但是，老椋鸟依然保持着老习惯，在每个风清气爽的早上，总会飞到苹果树枝头放声高歌。

这可真是件奇怪的事儿。雌鸟完成了孵化工作，幼鸟也都长大离开了……老椋鸟为何依然会在每天早上飞到这棵它曾经做窝的苹果树上唱歌？

老椋鸟让我感到非常惊讶。听着它那并不优美的歌声，我的心中升起一丝希望。忽然间，我想提笔写点什么，虽然我并没有写的理由，可我就是想写。

为自己歌颂的小鸟

林中最高的云杉枝头，落着一只很小的鸟儿。

看来，它落在那里并非无所事事，而是对着朝阳在唱颂歌。虽然它张着嘴，却没有声音传到我的耳中。它的样子分明在说：我才不在乎有没有歌声传到地面上，我要做的只是歌颂，为我自己而歌颂。

草都会开花

像田野里的黑麦一样，田边的野草也会开花。每当昆虫轻轻摇动那些小草时，花粉就散成一小团彩云将它包裹其中。所有的野草都会开花，哪怕是最卑微的车前草，浑身上下也会挂满一串一串白色的小花。

拳参、肺草……认识的或不认识的野草上面都托着小花穗儿或小球果，每当微风拂过时，它们就会频频向我点头致敬。无情的岁月不断流逝，它们又更替了多少代呢？可它们看起来总是一样的，一如我的老朋友。你们好啊，亲爱的朋友，你们好！

怒放的野蔷薇

一开春，野蔷薇就从土里冒了出来。它牢牢抓住小白杨的树干，一个劲儿地往上爬，似乎想爬到云层上面去。

今天是白杨树的好日子，野蔷薇也绽放出香气扑鼻的鲜花，将整棵树都装点的红艳艳的。蜜蜂嗡嗡地飞着，不停地在周围忙碌着。黄蜂和花蜂也飞来向白杨树贺喜。它们得到白杨树和野蔷薇的馈赠，带着甜美的花蜜回家了。

爱情的春天

蒙蒙细雨连续飘了几天，空气中却闷得很。青鸟的歌声也不再愉悦。

以前，青鸟沐浴在温暖的阳光中，为寻找未来的配偶唱着欢快的情歌；如今，它在雨中孤苦地叫着，仿佛变瘦了，站在枝头，显得楚楚可怜。乌鸦干脆不再飞到树上，就在路边唱着悲戚的情歌，哀求着爱情的到来，心力交瘁。

水的春天姗姗来迟。田野里，森林里，雪都化成了雪粒，走上去有点滑雪的感觉。在云杉树下，一个个雪堆变成了一湾湾小小的水塘。森林外下起了瓢泼大雨，森林中却只有水滴落下，在小水塘上溅起点点水花儿。

我喜欢这些小水花儿。

我的茶具老朋友

有时候，我什么都不想，心中一片安宁，空如明镜。如果怀着这样的心情观察别人，我们会为别人的美丽而赞叹，也会为别人的丑陋而惋惜。无论你遇到了什么事物，都能从中感受到它的创造者的想法。

此刻，我正在摆弄茶具，这件心爱的茶具已经陪我一同走过了三十多年。它坐在火上，兴奋地发出"呼呼"的叫声。我小心地伺候着它，生怕它太过激动，在沸腾时留下不能自已的泪水。

岁月不等人

一直以来，我心里都充满了对韵律的渴求。有时清晨，我会踩着朝露走出去，清新的空气令我心旷神怡。每当此时，我都会暗下决心：我应当每天清晨都出去走走。为什么要每天都出去呢？因为时间不等人啊……

水的魔力

水把一切都隐藏在了自己内心之中。在大自然万物中，这是它独一无二的本领。

望着漫天红遍的朝霞，人不断在心中隐藏自己，把自己埋到了最深处。而这深处却和一个神奇的世界相连，我们从那里取到一点化腐朽为神奇的水，然后又回到我们的世界。

这时，我们眼前便会豁然开朗，浩瀚的水面延伸出去，无边无际、绚烂多彩。

无声的幼枝嫩叶

云杉树开花了,暗红色的花朵中不断有黄色的花粉飘出。我静静地坐在一个巨大的老树墩旁边。这个树墩的内部已经完全腐烂,幸好它周围表层的木质坚硬,像一个木桶似的裹住了它,否则它早就散架了。一棵小白桦树,扎根在烂树墩中,已经枝繁叶茂。树墩周围还有各种小花和小草,大家簇拥在这个巨大的老树墩周围。

我对那棵小白桦树感到好奇,便走到它旁边,想听一下树叶摆动时发出的簌簌声。然而令我失望的是,我什么都没有听到。

风很大,吹得松涛阵阵。有一阵风朝别的方向吹去了,树木停止了摆动。趁着这工夫,苍头云雀欢快地唱了起来。这一切是多么美好啊!然而我还是想听小白桦发出的弥漫着清香的簌簌声。

真可惜!它们是如此稚嫩,只会抖动、发光、散发清香,就是不会发出声音。

老树墩旁边的聚会

森林中从来都不是空的。如果你觉得森林是空荡荡的,那么肯定是你错了。

在森林中有许多粗大的树木,其中一些已经变成了巨大的树墩。树墩周围很安静,温暖的阳光从树枝的间隙中落下,照得黑黑的树墩亮了起来。树墩越来越热,周围也变得温暖了,全部动了起来。嫩绿的新芽,鲜艳的小花儿,掩盖了枯老的树墩。

动物们也纷纷出来凑热闹,仅仅是一个光斑,就挤了十只蚤斯、两只蜥蜴、六只苍蝇……

树墩四周长满了高高的蕨草,随着微风轻轻摇摆。一棵蕨草趴到另一棵蕨草耳边,轻声说着悄悄话,第二棵又俯身和第三棵交谈……到最后,所有的蕨草都在窃窃私语。

心中的小溪

小白桦树虽然已经抽出嫩芽准备大干一场,却仍然被高高的青草掩盖着。

我第一次遇到它们的时候是在一个春天,那时地上还覆盖着积雪,一条小溪在雪中缓缓流动。在水底杂草的映衬下,小溪就像一条黑带一样,在巨大的白布上蜿蜒。随着时间的流逝,小白桦树们长了出来,周围形形色色的小草小花也长了出来,小溪里的水流走了,小溪里面也长满了水草,密密麻麻的,将水面遮住了,以至于我搞不清楚小溪中是否还有水。

这不是和我眼前的局面正好相似吗?自从我们分别后,无数的水流走了。如今只看我的外表,谁也不能确定我心中的小溪是否还在流淌。

水之乐章

在水的春天里,各种声音相似极了,到底是流水的汩汩声,还是黑雷鸟低鸣,亦或是青蛙的聒噪?有时半天也分不清楚。所有的声音交杂在一起,汇集成水的歌声。

有的鸟儿发出清脆的鸣叫,有的鸟儿发出嘶哑的声音,还有的鸟儿发出奇怪的呜呜声:这一声声鸟鸣,都属于春天的水之乐章。

风与琴的奏鸣

一些树根盘踞在陡峭的岸边,又密又长。如今,一根根树根变成了一根根冰锥,而且不断增长,几乎要触碰到水面了。微弱的春风阵阵吹来,吹皱了宁静的水面。几根冰锥晃晃悠悠碰在一起,发出清脆的响声。这响声是春之乐章的序曲,是风与琴的奏鸣。

第一朵花儿的盛开

一阵微风拂过面庞,我以为那是一片叶子在风的召唤中凋落了,却没有想到原来是第一只蝴蝶破茧而出。我还以为是自己眼里冒星星了呢,原来是第一朵花儿绽放了。

致亲爱的朋友

在这个阳光明媚的清晨,草尖上的朝露闪耀着钻石般的光华。大家都还没起床,你是第一个欣赏到这美丽景色的人。

夜莺演奏的春之歌即将结束,在风难以吹到的地方,偶尔还能看到伞状的蒲公英。伶俐的鸫鹩继续了夜莺的表演,黄鹂也开始演奏夏的乐章。鸫鸟四处飞着,唧唧叫个不停。疲倦的啄木鸟停在枝头休息,它们花了很长时间为子女寻找食物,实在是太累了。

起来吧,亲爱的朋友!勇敢地开始奋斗,朝着太阳的方向,收集属于你的幸福之光吧!你听,布谷鸟都在为你加油鼓劲儿。你瞧,第一只水鸟已经在水上漫游。再看那些走在小路上的喜鹊,它们身上的露水闪闪发光。明天将是全新的一天,也许它们就要飞到别的地方去了。

这个独一无二的早晨,只有你和他——素昧平生的朋友见到了。

自人类诞生以来,大家生活在大地上,一同享受欢乐,并将欢乐汇集在一起,等待着你来拾起它,让你从中得到无穷的美妙乐趣,变得开开心心的。勇敢一些,再勇敢一些吧!

见到云杉树和小白桦,我的心中变得豁然开朗。我抬头望去,松树上挂满了绿色的松塔,云杉上密密麻麻地结着鲜嫩的红球果。它们多么美啊!

森林里的童话

地上依然残存着昨天的雪。太阳出来了,可是呼呼的北风依然吹得很冷,天空中乌云密布。偶尔,太阳会从乌云后面出来一下,但很快就又消失了,空气中弥漫着一种沉重的气息……

然而在森林里的背风处,却依然春意盎然……

这真是童话中才能看到的景象啊!

树上一根根枝条斜斜地挂着,彼此交织在一起,尽管还没长出绿叶,但有的却已经点缀着点点小黄花,有的则抽出了嫩绿的新芽儿。

稠李上挂着一串串青色的花苞,接骨木上布满带细毛的小红花,柳树也抽出了穗儿,嫩嫩的小黄花就像刚破壳而出的小鸡。云杉树上长满了细小的绿色针叶,而在树顶最高的那根树枝上,正在努力长着未来将会成为枝条的节子……

与莎士比亚面对面

如今,连莎士比亚的想象力都不能让我心悦诚服了。因为我知道,如果能够不依靠想象,而是通过自己细心刻苦的发掘,在内心中找到一种人人生存必需的东西,并把它写出来的话,连莎士比亚也会和我称兄道弟,邀请我去他的家中做客、把酒言欢。我想,他绝不会因为自己是旷世奇才而取笑我这个像麦粒一样的人。

遥远的过去

很久以前,曾经有人在这片百花盛开的林中空地上生活,并在这里留下了很多挖掘过的痕迹。那里可能是地窖,那里可能是房子……从草地上青草的颜色来看,那个人肯定经常在上面走动。

我在这片颜色格外浓绿的青草上走着,心中浮想联翩。我竟然从自己身上看到了当年那个人的影子。当年他曾走过这条路,如今我走在这条路上,他仿佛通过"我"又走在了这条路上。

我继续走着。在一棵巨大的柞树下,我望着鲜嫩的青草,仿佛看到了另一棵郁郁葱葱的大树。我思考了一下便明白了。这里曾经生长着一棵巨大的柞树,时光流转,它最终倒下了,腐烂了,化作肥料,养育了这片迸发着勃勃生机的青草。

发光的幼芽

幼芽张开尖尖的小嘴,悄悄吐出了一片小叶子,小叶子上还挂着一棵亮晶晶的大水珠。

如果此时摘下幼芽，用手轻轻将它揉碎，就能闻到一股属于树脂的清香，勾起你对往事的回忆：从前，你经常爬到稠李树上采摘那乌黑发亮的果实，连皮带籽一口就吞了下去，真是痛快极了！

夜温暖而静谧，也许会有什么事情发生吧，因为这样的安静之中总是孕育着不安静。果然，树木之间开始了窃窃私语。一棵白桦树远远地同另一棵白桦树打招呼；一株白杨树孤零零地站在空地上，焦急地寻找着伙伴；稠李则纷纷伸出了新的枝条。原来如此，我们人类用声音打招呼，树木们却是用香气沟通：每种树木都散发着属于自己的独一无二的香味。

天渐渐黑了，幼芽逐渐消失在暮色中。然而幼芽上面的水珠却闪闪发光，尽管天越来越黑，它却始终晶莹无比。水珠从天空中取来光，照亮了黑暗的森林。

我似乎觉得我正在缩小，最终变成了一棵饱满新嫩的幼芽，想要对着那个不认识的好朋友绽放。他是一个很好的人，只要他来了，我行动中遇到的所有阻碍都会烟消云散。

林中小溪

倘若你想真正地了解森林，那么就到森林中寻找一条小溪吧，沿着它一路走寻，到它的上游或者下游看一看吧。春天才刚来，我就沿着我那条可爱的小溪走过。以下便是我的所见、所闻、所思。

我看到，小溪不断前进，被云杉树根阻挡了一下，于是在树根处吐出了许多小泡泡，小气泡刚冒出来就被冲走了，有一小部分破灭了。不过它们中的大多数还是一直在漂流，在新的障碍面前挤成一团，白花花的，远远就能看见。

小溪在前进中遇到了许多障碍，但这并不能改变它前进的决心。它不断聚集成一股股水流，就像一个准备搏斗的人不断收紧自己的肌肉。

水面微微颤动,水中云杉树的影子随着水面一起颤动。流水发出悦耳的淙淙声,青草仿佛正听着这音乐不断长大。

小溪从浅浅的宽宽的地方流过,突然,前面变得又窄又深,小溪急急地汇了进去。太阳照得更猛烈了,水中杉树的倒影颤动得更厉害了,面对急流它似乎很紧张。

如果有大的障碍物在前面阻挡,水流就会发出嘟嘟囔囔的声音,像是发泄不满,并且从障碍物上飞溅而过,大老远就能听见。你要是以为这声音是示弱或抱怨,那可就错了,这些都属于人的感情,水是没有的。无论哪一条小溪,都坚信自己最终能够抵达大海,即便遇到高高的山峰阻拦,它也会劈开山峰,一往无前……

太阳不甘寂寞,在水中留下了自己的倒影,这倒影随着波动的水面荡漾着。伴随着潺潺的流水声,新嫩的幼芽正在开放,水草也长出了水面,岸边的青草更加茂盛了。

一棵树倒在了水中,周围形成了一个平静的小漩涡。几只金光闪闪的甲虫正在那里打转儿,水波一圈一圈荡了出去。

小溪快乐地前进着,不时吐出几个泡泡,兴奋地同周围第一次见面的花草树木打着招呼。

一棵树倒在了小溪的必经之路上,不过小溪并不担心,它从树下面找到了出路,急匆匆地流走了,一路发出潺潺的声音。

有些水草长出了水面,随风轻摆,似乎在为奔跑的小溪加油呐喊。

障碍又算什么呢?就让它们在路上出现吧!有了障碍生活才会丰富多彩。如果没有障碍,小溪只能死气沉沉地流入大海,完全看不到生机。

途径一个有些干枯的小池塘,小溪毫不犹豫地将它注满水,然后马不停蹄地继续赶路。

一棵大灌木承载不住雪的力量,弯下了身子,许多枝条伸到了小溪中,就像一只巨大的蜘蛛,不断在水面上摇晃自己细长的腿。

云杉和白桦的种子在水中一路漂流。

小溪流经森林的过程,是一个不断搏斗的过程,在这个过程中,时间被创造出来了。随着搏斗的继续,我的意识也在不断形成。假使没有这些障碍,小溪便会毫无阻碍地流走了,也就没有时间和生活了……

小溪不断汇集着水流,凝聚着力量,好同障碍物作斗争,它坚信自己早晚会流进大海的怀抱。这"早晚"便是时间,便是生活。

跟随小溪前行,你会来到一个安静的地方。在这里,有灰雀的低鸣,有鸟儿摇动树叶的簌簌声,声音不大,却很清楚。

有的河岸边生长着古老的云杉,它们粗壮的根牢牢守护着河岸。几股大的溪流汇集在一起,向着这河岸发起强有力的冲击。

我坐在树根上,一边休息,一边听着水流冲击的号角,惬意极了。溪水互相鼓励着:我们早晚会流进大海的。

小溪令我流连忘返,我迟迟不愿离去,可我毕竟是要离开的。

我走在一条青草路上,路的两边是两道深深的车辙,里面是满满的水。

耐不住寂寞的小白杨树已经长出了嫩芽,在阳光下闪着光亮。可是,森林还没有做好换新装的准备,依然光秃秃的。今年树林中曾飞来过一只杜鹃:杜鹃飞进秃树林,这是不吉利的象征。

每年,在春天还没来得及好好装扮自己,只有草莓、白头翁和迎春花刚刚开放的时候,我就早早来到了采伐地中。这个习惯我已经持续了十二年。无论是灌木丛、树木还是树墩,都同我建立了深厚的友谊。这里被采伐后,变得一片荒凉,可对我来说,这里却是美丽的花园。我亲手抚摸过每一棵灌木、每一棵小树,它们都是我的孩子,这里是我的花园。

我从我的"花园"回到了小溪边,恰好看到了动人心魄的一幕:一棵巨大的云杉树,在小溪的不断冲刷下终于支撑不住,带着浑身的球果倒下了,枝条全部压在了小溪上。小溪从枝条中寻找缝隙前进,一边流,一边还在喊:"早晚我们一定能流进大海……"

小溪穿过树林,流到了空地上。在阳光的照耀下,水面变得艳丽起来。水里有一片青蛙卵,看起来已经快要成熟了,半透明的卵块里可以看到一只只黑黑的小蝌蚪。水面上,有许多蓝色的苍蝇,它们贴着水面飞行,没多久就掉进了水中。它们短暂的生命啊,好像就是这一起一落的片刻。一只小甲虫在水上打转儿,它的外壳锃亮,在阳光下耀眼极了。一只黄粉蝶在水面上翩翩起舞,它的翅膀很大,颜色也很鲜艳,上面还有许多黑色的斑点。花草开始繁盛起来,柳树也开花了。

小溪呢,它怎么样了?它分成了两条细流,向着不同的方向流去了。

由于在奔向大海的途中遇到了岔路口,它们的想法发生了分歧:一部分水认为走这条路近一些,另一部分水觉得那条路是捷径,最终大家分道扬镳了。绕了一个大弯后,它们又汇集在一起,把中间圈成了一个孤岛。它们兴奋地发现,对它们而言,路是没有区别的,它们早晚都会进入海洋。

这些美景令我心旷神怡,我的耳朵里"早晚"之声络绎不绝。一阵树脂的清香扑鼻而来,我忽然觉得,这难道不正是最美的地方吗?我何必还要四处寻找呢,没有必要了。我坐在树根上,倚靠着树干,抬头望着温暖的太阳。令我魂牵梦绕的一刻终于来临了:一直以来都落在最后的我,最先进入了美轮美奂的新世界。

我的小溪流进了大海的怀抱。

花 河

在春天时一条条小溪流经的地方，如今变成了一条条花河。

望着这美不胜收的景色，我感到心旷神怡："如此说来，那一溪溪春水的努力果然没有白费啊！"

滋润的春雨

太阳慢慢爬上了天空，又藏到了云朵后面。春雨淅淅沥沥地下着，带来了一股温暖的气息。这春雨之于植物，如同爱情之于人类。

树木逐渐从隆冬的沉睡中苏醒，在春雨的浸润下，悄悄冒出嫩芽，并改变着树皮的颜色。看到这一切，你一定会认为，这完全就是爱情的力量啊。

植物的爱情——水，滋润了树木的根部，滋润了它快要枯老的心。于是，在这爱情力量的作用下，大树虽然已快死掉，但周围生长出的许多幼芽，却散发出树脂特有的清香，萌发出勃勃生机……

最美好的东西

无论对人还是对动物而言，最美好的东西都是爱情。可对植物而言，最美好的东西却是水：植物所渴望的水，有的来自地上，有的来自天上，我们渴求的爱情，也有尘世的和天上的……

魔术师稠李

白桦树倒在地上,刚好为我休息提供了坐的地方。我坐在那里看着不远处的一棵稠李,看着看着竟然有些吃惊:我好像觉得就在我看它的这段时间里,它装扮一新了。是啊,在密密的灌木丛和尚未发芽的树木之间,稠李绿绿的,显得特别新鲜。透过枝叶的间隙,我还看到了远处茂密的白桦林。可是当我站起身来,准备同稠李告别的时候,却发现它后面的小白桦树林消失了……

这是怎么回事呢?如果不是我的错觉,那么肯定就是稠李又换了新的装扮……

永垂不朽的松树

这些松树要是永远存在该多好啊!如果它们都是我的,我就可以永远欣赏它们了。"永恒"和"占有",是所有艺术家毕生的追求,也正是如此,才有了莎士比亚的卷卷著作,才有了泼留希金(俄国著名作家果戈里在名著《死魂灵》里塑造的吝啬鬼)的巨大箱子……

爱的力量

家人把一碟牛奶放在拉达嘴边,这只倔强的狗却扭头不理,大家让我教训一下它。

"拉达,"我对着它说,"该吃东西啦。"

它抬头看看我,摇动着尾巴,我轻轻抚摸了它一下。这亲密的举动让它眼中变得生动起来。

"吃吧,拉达。"我说着,顺便把碟子又往前放了一点。

拉达伸出舌头,舔着牛奶。也许正是这几口牛奶,发挥了起死回生的作用。世界上的问题,都可以用一点点爱来解决。

故乡

安娜·达妮洛芙娜是一位贤妻良母。尽管需要照顾自己的四个小孩,尽管要在铁路售票处当清洁工,但她依然把家里收拾得井井有条。

想象一下以前居住的村子的模样吧:街上到处都是牛羊的粪便,苍蝇到处乱飞;没人照看的小孩子穿着脏兮兮的衣服满街跑,鼻子下拖着长长的鼻涕;醉醺醺的酒鬼终日无所事事,逼着老婆赚钱养家……现在的生活简直就是天堂!

可是,当我把我的想法告诉安娜后,她却变得忧心忡忡。她对我说,她深深眷恋着故乡,有时甚至想抛开眼前的一切回到故乡。

"您呢,瓦西里·扎哈罗维奇,您也想回农村老家去吗?"我想知道安娜丈夫的想法。

"不,我哪里也不想去。"

他是萨马拉边区人,家里的其他人都在1920年的大饥荒中饿死了。为了生存,他从小就给村子里的一个老家伙帮工,长大后他决定到造船厂当工人,临走时却一个子儿也没拿到。幸运的是,他带走了安娜。

"您为什么不想回去呢?"

他笑了,和妻子交换了一下眼色,有些羞涩地说:"这里就是我的故乡。"

花开自有时

　　花开花落都是有规律的，每种花都有各自的花时，比如铃兰开花之后，才是野蔷薇绽放。不过也有例外，如今铃兰的花期都已经过去一个月了，却依然有一株顽强的铃兰在黑暗的森林深处兀自开放着。

　　虽然是极为罕见的事情，但人群中也会发生类似的情况。在一个偏僻破落的角落里，有一个被大家遗忘的人，所有人都认为他只能活在过去的回忆中，他却又振作起来，重新回到了人们的视野里，成为万众瞩目的焦点，一如独自绽放的灿烂的鲜花。

渴望爱的菊花

　　我在林中的空地上发现了一棵小菊花，虽然只是最普通的"爱不爱我"，却令我激动不已。在这场令人兴奋的邂逅中，我突然有所感悟：也许，花儿只有遇到有心人才会开放吧。

　　就拿这株小小的菊花来说吧，它看到一个人走了过来，心中开始揣测："他爱不爱我呢？""他没看到我，就要离我远去了——他不会爱我的，他爱的只有他自己。"或者又这样猜测："他看到我了！真是太好了，他是爱我的！只要他爱我就可以了，而且他还有可能摘走我呢。"

平凡的爱情

　　漫长的岁月过去了，这位老艺术家的生活中已经全然找不到爱情的踪迹了。他的一生以及全部心血，已经完完整整地献给了艺术。

他活在自己的艺术世界中。他始终像个孩童一样，保持着最纯真的感悟。自然界的一切变化都难以逃脱他的眼睛，这使得他有时忧心忡忡，有时伤心欲绝，有时又欣喜若狂。他满足于这种生活。

也许不久之后，他就会永远离开这个世界，但他会一直认为这个世界就是他眼中的那个样子……

然后有一天，他遇到了一个女人。他竟然脱离了自己的艺术，情不自禁地对她说出了"我爱你"。

"你所说的'我爱你'是什么意思？"

"就是说，"他回答道，"如果我只有最后一块面包，那么我一定会把它留给你；如果你生病了，我一定会在你身边照顾你；如果你需要帮助，我一定会像驴子一样用尽全部力气……"

他说了很多，都是人们在爱情中常用的话语。

叶芹草失望了。她原本期待得到与众不同的答案。

"给我最后一块面包，在我身边照顾我，像驴子一样干活，"她重复道，"大家不都是这样做的吗，你又和别人有什么不一样呢？"

"这就是我所期盼的，"艺术家回答说，"我希望和别人一样。我想说，真正让我感到无限幸福的，并不是认为自己是多么超凡脱俗，而是认识到自己同周围的人一样——都是最普通、最平凡的人。"

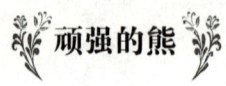

顽强的熊

一

猎犬"小老虎"朝着熊窝的方向吠叫,那是在偏僻荒凉的旧奥格涅茨省卡尔加波利耶县尼缅林区第三林班,一个离扎翁多什耶村很近的地方。帕维尔·瓦西里耶维奇·格里戈里耶夫是个农民加半个手艺人,他轻轻地招呼了一声,猎犬"小老虎"转身跑了回来。

他小心翼翼地滑着雪行走,途经一块云杉略微稀疏的空地时,经验丰富的他在一棵被风吹倒的大树下面发现了一个很大很漂亮的熊窝入口。有着多年狩猎经验的帕维尔熟知熊的生活习性,天生性格沉稳的他凡事要求自己有十足的把握,于是他小心翼翼地滑着雪,绕着熊窝走了一圈。如果只是滑过熊窝,不停留的话,熊是不会注意的。

帕维尔的经验果然没错,在雪堆上有一个孔往外冒热气,说明有熊住在里面。帕维尔又围着熊窝走了一圈,并在熊窝周围的雪道上做了记号。从今天开始,帕维尔就要根据刚才所滑的圈子，时不时地过来检查一下。最后，帕维尔又在熊窝附近滑了几圈，做成了几个假圈子，以迷惑别的猎人。

几天之后，在同一个林区第十七林班，猎犬"小老虎"又狂吠起来，这次是对着一只熊。这只熊头朝东躺在一棵大树后面，这是一棵被风连根拔起的大树，熊用它来挡风。猎人帕维尔差点就滑到熊身上了，在紧急时刻，他转了个弯，在离熊几步之遥的地方滑走了，险些把熊惊醒。之后，猎人检查熊留下的痕迹时，在不远处找到了它的第二个藏身之处。帕维尔根据熊卧藏处的大小及自己多年的经验推断：这只熊可能非常大。帕维尔的推断，使得熊窝没有被沃洛格达和阿尔汉格斯克的猎人找到，而是被我们莫斯科的猎人找到了。沃洛格达的猎人估价为每个熊窝五十卢布，帕维尔认为那是一只大熊，所以要一只熊窝六十卢布。在两队猎人讨价还价争论不休的时候，帕维尔给莫斯科的捕熊协会写了一封信。

这只熊的消息，从猎犬"小老虎"的吠声中，传到猎人帕维尔的眼睛里，然后传到沃洛格达猎人的耳朵里，最后随着信件到了莫斯科。庆幸的是，我因为四处奔波劳累，早已筋疲力尽，所以在莫斯科呆了一整天没回谢尔吉耶夫，不然就错过这个消息了。那天我正巧要去坐落在斯特拉斯诺伊林荫道的《星火》杂志编辑部，经过尼科尔斯卡亚大街的时候，我决定先去"猎人茶室"消遣一下，而《莫斯科猎人》编辑部就在茶室附近。

顾名思义，"猎人茶室"坐满了猎人，包括上了年纪的和年轻的，他们都在谈天说地地消磨时光。这恐怕是全天下唯一一个真诚的敬重认真描述打猎、动物和大自然的作家之地。让人感到惊讶的是，他们那颗热爱自然热爱打猎以及被森林和野兽占据的心，竟然还喜欢阅读文学作品。有一次，我遇到一个老猎人，给他讲了讲果戈理，并且送了几本果戈理的书给他，结果他非常喜欢，这让我非常羡慕，因为很少有东西能让我大开眼界，能让我感到这么单纯的幸福。但是，今天，我又羡慕起眼前这个老头了，我这辈子还从来没进过熊窝呢！

"您怎么了?"这位老头带着惊讶问我。

恰好这个时候,我知道了帕维尔第一封信的事情,我马上表示,想过去一趟,于是这只熊的消息,终于传到了我这里。

我离开"猎人茶室"来到《星火》编辑部,在和编辑闲聊的时候说出了想去猎熊的事情。那位编辑跟我讲,如果能在杂志上登出照片,猎熊活动将会具有更夸张更形象的意义。他的热情渲染让我很感兴趣,我答应如果去猎熊,就带上他们杂志社的摄影师。

"要是你打到了熊,封面和封里都会刊登您的照片。"我走的时候,他这样说。

几天之后,我接到电报,说同猎人的对话进行得很顺利,看样子我能去猎熊了,于是我回电请他们邀请《星火杂志》的摄影师同去。对于叫上摄影师这件事,我发誓我不是为自己着想,我只是想满足猎人带着猎枪和自己打到的猎物一起照相的愿望,我知道他们喜欢。可是我错了,猎熊的猎人跟一般的猎人不一样,完全是另外一种性格,他们注重的是猎到熊,而不是照片,于是摄影师成了一个多余的人,但是出于对我的这个猎人作家的要求,他们无可奈何地同意了。

不久之后,打围猎人帕维尔在最后一封信中提出,一个熊窝要六十卢布,而另一个熊窝的价格要根据被打死的熊的重量来算。猎人们回复了一个含糊不清的电报给他,但是写明了到达日期。于是这两只熊就属于莫斯科猎人了。帕维尔还是经常去检查他画成的圈子,然后在圈子附近增加一个个假圈。

二

有人说,事物留下的第一个印象是不可信的,所以有些人会一次又一次的查验,直到消磨掉最初印象所有的神奇色彩。而另一部分人则不同,他们完全遵守第一个印象的色彩,认为最初印象对于认识世界的作用很大。而我个人相信的,则是第一次见到后感到震惊的东西。

关在动物园里的动物,从来没有给过我愉悦感和欢欣感,不管场地布置得多么精致,我总是能看到一些令人不愉快的细节,那就是:动物园里的动物,从来不自由、不自在、不快乐。只有自由的动物,才能用自己的精神力量感化人类,使得人类内心充满愉悦和欢欣。

你在自由的森林里看见一只熊走过去的一瞬间,都比你在动物园看一只熊走来走去一下午要有感触得多。在美洲的某个地方有一个很大的公园,那里的熊无拘无束,自由自在。旅客住在旅馆里,漫步在公园里,随处可以看到熊,可以观察它们晒太阳、睡觉和舔污水坑里留有蜂蜜残汁的罐头盒,但是一个罐头盒就拆穿了所有假象,意境全无了。

其实对我来说,就算在莫斯科省猎到一只熊,我也会觉得平淡无奇,毫无兴趣。熊倒是偶尔也会走错路来到我们这里冬眠,但是那感觉就像是背井离乡。而现在,我终于可以抛开手头所有的事情,在北方宽阔的原始森林里享受春天的美好和喜悦。这个时节母熊正在产子,公熊则迷迷糊糊地等着天气转暖。我面前是成片的北方云杉,它们笔直而挺拔的树干,直直地指向天空,有的树枝上还堆砌着冬天的雪花,像一条光洁而厚实的棉被。而丛丛刺柏伸着姿态万千的树枝,有的像奇怪的老头,有的像婀娜多姿的姑娘,有的像长角的半兽人。在这宽广的被冬雪覆盖的北方原始丛林中,我充满着欣喜和好奇,感到自己的心血和智慧,终于有了最现实的存在。

饱满的月亮、猎户座和大熊星座、满天的星斗和雪地上清凉的光芒,使得一切动物的脚印清晰可见,包括黑琴鸡的小串痕迹。我们一路欢欣鼓舞,从车站开始步行了七俄里到了扎翁多什耶村。在帕维尔家,一堆人席地而睡,猎犬"小老虎"毫不胆怯地穿梭在人群里,墙上挂着一把锋利的斧头。开门之后,主人

慌乱地把熟睡的孩子抱到其他房间,并擦干净桌子,摆上茶具,而后摄影师先生非常客气地小声问有着大胡子的帕维尔:

"请问,您家的卫生间在哪里?"

从这一瞬间开始,冒冒失失的充满英雄主义的我们和这位冷静的想要拍摄我们猎熊经历的摄影师之间,出现了一条鸿沟。他觉得我们之间的闲聊非常的乏味而专业,但是谁都没想到就是闲聊中的一个话题,挽救了我们在猎第二只熊的时候的生命。我没有专业的来复猎枪,也没有打熊的经验,明明知道自己的二十号口径滑膛枪是不能用来冒险的,但是我还是带上了它,因为我不是主角。可是谁也没想到我会成为一个熊窝的主要猎手,另一个熊窝的猎手是有名的枪手,是个被我错叫成希腊人的捷克人,但是从叫错开始,我就一直叫他希腊人。虽然他也是个打熊的新手,但是他有一支最大口径的崭新的来复猎枪。第三个猎人是个老手,是负责指挥和保护我们的教父。

他很鄙视我的二十号轻型枪,但是承诺会保护我,让我放心跟着去。

虽然也有用滑膛枪子弹打死熊的可能,但是任何时代都有相应的工具和技艺,如果处在用猎矛狩猎的时代,那我就不觉得可怕了,但是现在流行用来复枪和大杀伤力子弹了,我的滑膛猎枪就处在了不上不下的阶段,这让我非常恼火。

"能不能让我先看看别人怎么打猎,然后再由我打第二只呢?"

"可以,"教父回答我说:"不过第二只打成打不成还不一定,很可能熊已经跑了。如果你满意自己只当观众,那也是可以的。"

我只好同意,教父还提议我开第一枪,善良的同伴们答应得很爽快。

我们只睡了几个钟头,作为外交家和政治家的教父,将一切收拾好之后开始与帕维尔解释合同上的条款,要么全部按照一个熊窝六十卢布付款,要么全部按照重量付。

帕维尔最后终于同意按照重量付,这让教父眉开眼笑,因为他知道,这两只熊，非同小可了。

出发之前，我们找来三辆大车，帕维尔坚持要我们再找一辆。

"给谁用？"

帕维尔看了看教父，教父马上领会了，第四辆车是用来装熊的。

摄影师坚持要一架梯子，我们也明白为了什么，第四辆车和梯子都准备好了，摄影师满意极了。

春天的原始森林，是如此的明艳和光明，我从没见到过。万道阳光从树叶中投下，可以清晰地见到狐狸、松鼠、松鸡、猞猁等动物的脚印。白雪散发出一种特别的气息，让人觉得美得不真实。

森林里的路，就是雪橇滑出的印子，每当走到一个完成拱门形状的积雪树枝下时，摄影师都叫嚷着让我们停下来拍照，不管教父的小声嘟囔。

森林安静得让人害怕。没有路，没有指引，稀少的滑雪道都能猜出是谁的杰作。慢慢地，我们看到了帕维尔做的第一个熊窝的标记，于是大家爬下雪橇，整理好滑雪板，准备好了猎枪，我拿着我精致小巧的猎枪，心里不禁一沉。

摄影师又说道："你把头转一下，面对太阳，皮帽拉高些。"

教父小声说，别理他。咱们找熊去，大家都禁止发言。

北方原始森林的美色，我也顾不上欣赏了，只想着滑雪板别撞到冰枝，然后飞出去。大概滑了十多俄里，终于找到了路标。我们穿过围猎的圈子，帕维尔指向北边的密林。熊就在那里。我们准备绕过密林，停在熊窝对面的空地上。这时候我幻想，也许情况有变，我不用射击，明天打第二只熊再射击，好像回到了遥远的中学时代，战战兢兢地拿着考试的题目，但是脑子里却什么也没有，只好祈求说："别让我答得太糟糕。"

而眼下发生的事情，只不过是想告诉我这个写了无数打猎故事的作家，我曾写的一切都是纸上谈兵，我是个骗人的作家，然后是个骗人的猎人。

我们穿过密林,到了云杉稀疏的空地,帕维尔停住脚步,指明了熊窝所在的方向。

他的工作结束了。如果现在熊跑掉,我们还是要付给他熊窝的钱。我朝着熊窝的方向移动,教父在我左边,希腊人在我右边。在一棵翻出地面的大树根下,有一个帽子大小的洞口,那就是熊窝的入口了。

我的手不小心碰到了枪筒,我的手已经冻得发僵了,没有地方取暖,但是熊很可能马上跳出来。在离这熊窝大概二十步的地方,我们开了个短会:希腊人去堵熊窝的后面出口,教父则在我左边,万一我没打中熊或者没伤及其要害,他负责补枪。

我要独自面对熊窝了。我将自己埋在齐腰深的雪里,看不到熊的入口了。我不知道该怎么办,谁也没告诉过我,也没有任何书本上写过。教父示意我向小云杉方向前进,可是小云杉离这熊窝入口只有几步啊!但是我还是听从了,慢慢地爬过去。我望了教父一眼,他点头示意。

我用脚把雪压实,使其形成一级一级的台阶,眼看入口就在面前了,那浅棕红色的老树根看得清清楚楚。我站稳之后,心里踏实多了,可是这些事情,我是怎么学会的呢?

我无法顾及身后,那个挑剔的摄影师是否在拍照我也无法顾及,眼前瞬息万变的情况,让我集中了全部精力。可是希腊人却对他看守熊窝后面出口的任务有点茫然,教父气得脸一阵白一阵红,拼命压着嗓门说话。希腊人终于领会了,然后动了起来。

这一刻让我意识到,在我身上同时存在一个高傲、冒险且向往自由的灵魂和一个胆小怕事的灵魂,而他们之间的斗争是在所难免的。没有胆小的灵魂,我便无法体会考验的意义。越是胆小,越是会激发出探索和创造的能力。我想,我是个胆小鬼。

劝说自己去勇敢,是件非常不容易的事情,心脏会更加慌张,跳得越来越快,直到有一种承受不住的破裂感。然而就是因为突然有了一种强制性的东西,才使得你不得不勇敢,不得不暂时放下紧张和易碎的心脏,像一个上了发条的机器一样去工作。

那是教父的喊声:"在爬啦!"

老树根那里有东西在活动,我屏住呼吸瞄准那里。这时候,两只小耳朵慢慢地冒了出来,但是我最想看到的是它两眼间的细毛,它的动作太慢了,仿佛时间沾满了黄油,变得凝固而迟钝。

就在这每分钟每秒钟都是煎熬的时刻,我身后响起了的摄影师熟悉的声音,像是从被我遗忘的森林的深处突然破裂开来的。他爬在梯子上,对着教父说:"向左边一点!"

而一向彬彬有礼的绅士教父,竟然非常冷静地抛出一句:"去你妈的吧!"

就在这时,我一直等待的两眼间的细毛,终于完全露出来了。我屏住了呼吸,将自己全部的心神都集中到了食指上,像是完成使命般地扣动了扳机。

刚从冬眠中醒来的熊,睡眼惺忪地做着关于春天的梦,在准备跳出窝的那个时刻,突然又倒回窝里了。

我成功了!这是个奇妙的有着夏天般温暖的冬天!

伙伴们把熊从熊窝里拖了出来,虽然它的个头不是很大,但这丝毫不影响大家的情绪。教父过来祝贺我的胜利,希腊人喜笑颜开。教父对摄影师表示歉意,原来摄影师是手无寸铁地站在我身后的梯子上的,他是个这么勇敢的人。大家都乐意配合他,他继续指挥我们弯腰、侧脸、举枪,我们竟然乖乖地任他摆布。他想为熊窝拍一张特写,因此想砍掉熊窝旁边的小云杉。我们赶紧制止了他,也许熊之所以选在这里筑窝,就是因为这棵可爱的小云杉哩!

三

深夜已经掩盖不住我们对打熊过程中刺激的回味，在寒冷的天气中呆了这么长时间，我们竟然丝毫没有喝酒的欲望。由此可见，一个人喜欢喝酒，一定是因为对生活不满足，所以需要一点酒精来麻醉自己。第二天早晨，我很早就起来了，并叫醒了伙伴们一起来喝早茶，顺带听打围猎人讲述第二只熊。按照他的意思，那可是一只大熊，而且令人惊奇的是，他就站在离熊窝不到三步的地方，眼睁睁地看着那只熊就躺在离他不远处的云杉树之间。我听见他这样说，心里竟很高兴，因为我已经打过一只熊了，接下来就是安然自在地做一个路人，因此我笑着对他说："年轻人，现在该你出击了！"

教父微笑了一下，对于一个已经打过几十次熊的老猎人来说，他深知每次打熊的情况都是不同的，预先安排的角色，可能到了关键时刻就完全打乱了，最不起眼的角色也许会变成猎熊的主角。虽然我听过这些事情，但是当真正开始实战的时候，面对枪和弹药，这些便都抛之脑后了。

一种强烈的年轻人特有的欲望占据了我的心和大脑。我甚至幻想，希腊人也是个毫无猎熊经验的人，如果他不能一枪命中，大熊会把他扑倒地上。而我会上前将两颗子弹送给大熊，我的子弹，都是保留在危急时候用的。

我们排着队滑行，仍然是打围猎人帕维尔在最前面，接着是希腊人、教父、我。帕维尔的两个孩子跟在我后面，为摄影师拿着梯子，为我们即将捉到的熊拿着绳子。相比昨天，我感到非常轻松，也有心情欣赏周围的景色了。在高耸的云杉顶部，挂着金黄色的球果，一只小鸟沐浴在冬天的光影和蓝天里。

忽然，帕维尔做了一个停下的手势，他脸上的表情看上去非常惶恐。

难道熊走了？

他在林子里滑了一会,然后出来带着大家继续前进。消息传到了我这里,原来他认不出之前做的标记了,大概是飞雪掩盖了记号,他自己也分不清真假圈子了。

我们认为熊还很远,但实际上,我们早已经进入了真圈子。

我们滑到一块空地上,帕维尔、希腊人和教父,彼此相隔一定的距离滑行。我从两棵云杉旁边走过,那是两棵非常大的云杉,其实只要我稍微低一下眼睛就能看到云杉后面那棕红色的大树根。然而,我们几个却都没看见。

空地上有一棵枯死的大树,我正在纳闷为什么帕维尔会忘记这么明显的标志,帕维尔就做了暂停的手势,他认出来了,然后突然指向我。可是我们谁也没在意,以为他只是认出了那个圈子,教父甚至连看都没看我们这边。我跟帕维尔的两个孩子都停住了,我听见身后的孩子们惊慌地小声叫:"叔叔,叔叔。"

就在离我三步远的雪地下面,爆发出了两次吼声,黝黑的树根下面有东西在动,然后慢慢出现了一个动物脑袋的影子。

我赶紧撤掉滑雪板,把半身埋进雪里,猎枪端上了肩膀。我从标尺版上瞄准,有点不真切,但是我的脑子却清楚得很,我对自己说,跟昨天一样,就按照昨天那样吧。于是又开始了那段漫长等待两眼之间细毛的时间,渐渐地,那两只耳朵越来越明显,马上就到眼睛了,很快就要像昨天一样获得胜利了,可是突然间,那露出的脑门又慢慢低了下去。熊送出了鼻子,露出了宽大的喉咙,这该怎么办,这该怎么打呢?我没有时间仔细考虑,慌乱中扣动了扳机,这次我全部的精力并没有凝聚在食指上,而是随着我的迷茫有点动摇和含糊。

四

我当时感觉到偌大的空间只有我自己,其他人都在离我很远的地方,其实教父就在离我四步远的地方,希腊人离我六七步。可是离得这么近,为什么教父不直接开枪呢？他应该知道很难瞄准那宽大脖子上椎骨的位置，更何况我的滑膛子弹也损坏不了椎骨，而熊只要一只爪子就能抓掉我的脑袋。我处在就要送命的时刻，而教父却没有开枪。

这种事情看上去非常难以理解，因为这种危急时刻的时间，跟平时的死板时间不同，它是活的。一个曾坠落情网，刻骨铭心追过所爱之人的人，会明白我的意思，一个平时不喝酒却被迫一下子喝下整杯白兰地的人，也可能会理解我说的这种"时间"。

事后我问那个叫我的小孩子，原来他看到了藏在树根后面的一只熊爪子，于是他就叫我："叔叔，叔叔。"后来熊爬出了雪窝，伸长了脖子，我经过一系列的心理活动和动作，终于扣动了扳机，而期间所经历的时间，不过几秒。教父根本来不及转身并瞄准射击，而希腊人举枪的时候，熊的后面出现了一直偷偷跟随我们的赶车人，然后他就慌了。

我扣动扳机之后没听到子弹的响声，然后我快速退下保险重新瞄准，虽然退下枪的保险只需一点时间，但那熊已经拖着宽大的屁股消失在密林中，我接连打出两枪，也不管云杉的阻隔。

希腊人对面的云杉林有一排树木较少的地方，他急忙趁机放了两枪。只见那熊一个转身，露出红红的伤口，然后朝希腊人奔来。我向教父喊："熊回来了，开枪啊！"教父向前一步，开了一枪，熊寻声转身，头部正好暴露在希腊人的视野里，希腊人开了一枪，熊一头栽进了雪堆里，一动也不动了。

这一切从开始到结束，不到一分钟。一脸惨白的教父走到我面前问："你脸色怎么这么苍白！"其实大家都一样，希腊人的脸色也白的跟雪似的。不过我们心里没有一丝害怕，因为恐惧还没来及打扰我们。但是为什么大家的脸色还是发白了呢？这让我想到了国内战争期间的事情，在战争期间我经常会剧烈头痛，必须服用双份的氨基比林才能克服，但头痛消失之后，我心里就会变得非常宁静和安稳，像是风雨过后的海面。

奇怪的是，打围猎人帕维尔的脸也是惨白的，他不知道滑膛枪和大杀伤力来复枪之间的区别，也没看到熊后面跟随的人。他毫无理由地相信我们是经验丰富的猎人，他指出熊窝的位置之后，就安心等着我们打熊，丝毫没有担心熊会逃走。

因为不管是把熊打死还是放跑了熊他的报酬都是一样的，所以他并不介意。可是谁都没想到他错过了熊窝，而熊竟然爬起来逃走了。假如因为他没找到熊窝而使得熊逃走，那么他将损失一百二十卢布加五十戈比。这些钱可以买供养一屋子孩子的大麦饼，是滑雪二十俄里寻找熊窝辛苦得来的报酬，而眼看着熊就要逃走了！倘若换做别人，估计也会吓得脸色惨白了。

五

我们没完没了地纠缠那一分钟的事情，企图将那一瞬间变成永恒，并且沉浸在当时的惊险和现在的喜悦之中。但是，除此之外，我们每个人都还有自己在意的事情。最后打中熊脑袋的子弹，是希腊人的，但是大家都清楚，即便没有那颗子弹，那只熊受的伤也足以让它倒下了。那么，这致命的一枪到底是来自谁呢？每个人都不由自主地按照自己的愿望还原出当时的场景来，虽然不露声色，但是只有在把熊仔细地解剖之后，才能确定这致命一枪的来源。

大家费了很大力气，才把熊拖到路上，运到村子里的时候已经是夜里了。第二天早晨我们把熊搬进来解冻，然后准备开膛。我很后悔当时没有拍照留存。大熊躺在地上，后爪对着炉灶，前爪对着屋角。我想到了在遥远的石器时代，我们的祖先和猛犸象搏斗，而今天来跟森林中最后的巨兽——熊搏斗的，竟然是作家、会计员和摄影师。

开膛工作已经开始，刀子在熊皮上划开后露出一条条白色的皮下脂肪。

我对摄影师说，照张相吧。他摇摇头说，"这种场面我看着不舒服"，然后走开了。

不一会儿，熊皮被完整地剥掉了，露出白白的腿。熊掌剥除之后，露出紧实青涩的肌肉，是如今我们单薄的人类已经失去的肌肉，子弹和来复枪的出现，使得这种肌肉成为了多余的东西。

熊左身受的伤，是在空地中转身的时候我看到的红色口子，但是这一伤口，显然不是我的滑膛子弹打出来的，应该是来复枪的快速子弹打在了肋骨上。它的肋骨被炸断了三根，心脏中混杂着骨头和弹壳的碎片，肺部有好几处被霰弹打穿的痕迹。在这样的重伤下居然这头熊还能跑那么多步，如果它不是跟随声音跑向枪手，而是跑向赶车人，那结果会怎样呢？熊的这个致命伤口，是希腊人刚开始打中的。教父的霰弹打穿了熊左侧的肩胛骨，穿过心后把右侧肋骨炸掉，毁掉了整个右肺。二次受伤之后，熊还能跑，只是希腊人最后一枪打中了它的脑袋，它就一头扎进了雪堆。

可能大家都很难相信，但是事实就是这样，熊顽强的生命力，连我也感到非常惊讶。帕维尔认为这头熊的爪子短且肥大，应该不曾伤害过农民的牲口。猎人们抱着一种这样的成见：只有细长爪子的熊才会胡作非为伤害牲口。我虽然并不这么认为，但是也知道了并不是所有的熊都会伤害牲口，它们大都以蚂蚁窝、野草莓和各种植物的根、蜂蜜为食物。

这些微薄的食物，却创造出如此发达的肌肉。希腊人作为一个会计，本来应该忙于算账，却向朋友借了一颗快速子弹来打猎，他肯定不明白子弹是怎么制造的，但即便是实验室制造子弹的工作人员，也未必关心它的用途，更不用说会使用了。子弹制造者只负责动脑，而会计只是打子弹，大概是一样的道理。因为熊吸收了森林的全部精华，才有了这样顽强的生命力。

希腊人对着熊露出思考的神态，我问他在想什么。他说："看它的爪子……"我想，大概他也在思考我们人类失去的东西。

熊是可怜的，但是我们脸上又有多光彩呢！

夏天，熊穿梭在悬钩子丛中，老老少少的人们都跑去看它。他们观察它，跟它说话，叫它吃东西，跟它打招呼，种种这些都表明，他们对这个森林巨兽有浓烈的兴趣，这无疑是古人崇拜熊的心理延续。不久之前，我看过一些有学问的猎人写的文章，说猎矛打死熊根本是传说，这是不可能的。对此我早就知道了，但是这种传说却让我很神往。

眼下，有几个老人家拿着锈迹斑斑的猎矛来到已经死去的熊面前，似乎要重演古代用猎矛打熊的场景。他们先往站立的熊嘴里扔一顶皮帽子，然后在它没有反应过来的时候，一矛刺进熊的心脏，再用斧头砍它的后脑。猎矛打熊的方法，叶尔莫沙大哥最擅长了，可惜他此刻正在森林里砍柴，他甚至还能用皮带杀死一只长得和人差不多大的幼熊。

村子里喧闹极了，直到我们到了火车站准备离开。站长听说我们要运输的熊没有包装，非常害怕。他是个新人，于是去查本子，然后告诉我们死掉的熊和死掉的牲口是一样的，要求我们必须去兽医站检查。教父站了出来，告诉站长以前是怎样处理死熊的。以前的猎人把没有包装的熊运到莫斯科，名声也传了一路。到达之后，熊被赤裸裸地放在雪橇上，运到洛伦斯商店，然后制作成标本或者壁毯。洛伦斯收下熊之后，会在开剥时请猎人去看。

"打猎是很花钱的，"教父说，"猎人得到的只是猎到熊之后的荣誉和光彩，如果包起来运，这一切还有什么意义呢？"

站长终于被我们说服了，他口述，我记录，我在纸上写下："不加包装来运熊，如果产生恶果，我来负责。"

虽然这只大熊在路上并没有苏醒，也没有产生所谓的恶果，但到沃洛格达时发现我的钱包被偷了,那里面装着我运送熊的票,因此我很焦虑与担心,怕自己辛辛苦苦捉来的熊被老鼠吃掉。于是,我认真地写下了另外一只熊的行李号码,并请身边的人为我作证,不仅如此,我还找到了国家政治保安总局的办公室,可是里面没有人,大家都不在。后来我才知道,他们和一群人都站在熊的面前围观,一辆马车过来了,熊被弄上车,可爱的学生们跟在车后面追赶着,也有人隔着窗户往外看,有的人则来拜访我。

下午三点之前,几乎所有人都在谈论熊,而且我也成为了大家关心的人。各种不同的人给我打电话,纷纷向我打听熊的由来,我却无话可说。

其实,那条街我已经住了三年之久,所有认识我的人都以为我是个老实质朴的作家,但我却不喜欢别人这样称呼我。在这条街上,有一些令人讨厌的人,像木头橛子,他们喜欢坐在街头的凳子上,带着要看透世界、看透人生、看透每个人的欲望。可遗憾的是,他们却看不透我。所以他们对我很凶,经常取笑我:"我们那个伟大的作家,又带着他的世界来了!"

其实,这些无赖和爱取笑别人的人,真的很令人讨厌,我最受不了他们故意吹鼻子瞪眼睛看着我说:"茹——科——夫——斯——基!"

那条街上的人都认识我,当别的街上有人问我地址时,比如我去租用马匹的时候,我就会回避道:"我住在梅尔科夫家的旁边。"梅尔科夫其实就在我家旁边,是一个马皮剥制匠。

如今的我,因为猎到了熊,身份与以前大相径庭,那些曾经爱取笑我的人和街头无赖现在都对我很尊敬,每当我走过,他们都会迅速为我让路,那些可怜的木头橛子们在我身后议论纷纷:"那个作家可不是个凡人呢,他猎杀了一只熊,那可不是闹着玩的呢。"

我又听见他们在打听马皮剥制匠梅尔科夫的家,基本的对话如下:

"马皮剥制匠住在哪里?"

"那个伟大的猎人的家旁边啊。"

"是那个打死熊的猎人吗?"

"是的呢,他不仅是个伟大的猎人,更是个伟大的作家,而且是全莫斯科颇有名气的作家啊!"

没有想到吧?他们竟然会有如此大的转变,我突然也尊敬起那些讨厌的木头橛子来。他们是对的,自从有了人类,这数千年来我们与可怕的大熊作着斗争,而文字存在的时间却很短,甚至有些微不足道。因此,木头橛子不会相信的大话连篇的作家笔下的新鲜事,他们只相信人类的力量。还好,我不是一个只写空话的作家,我更相信心灵的力量和性格的正能量。因为我知道,作为一个身强体壮的男人,我打死了大熊,也就征服了人们,同时他们也会认可我的写作能力。

○ 生命之根——人 参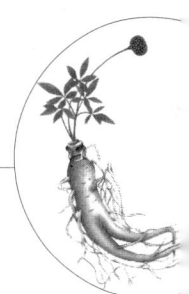

　　地球上第三纪的野兽，即便是在大地逐渐变成冰的世界时，也不肯离开自己热爱的故乡；假如世界猛然变成冰封的王国，老虎恐怕会被自己留在雪地上的脚印吓一大跳。决定勇敢地驻守故乡的，除了猛虎和世界上最好看、最儒雅的动物——花鹿以外，还有一些罕见的奇特植物：树状羊齿、榉木、生命之根——人参。出人意料的是，野兽并不惧怕亚热带的冰冻，却被1904年满洲里轰鸣的炮声吓得落荒而逃。现在，你应该相信人类惊人的威力了吧？

　　相传从那时起，在遥远的北方，在茂密的雅库兹克原始森林里，老虎就经常出没了。和野兽一样，直到今天我仍然觉得心有余悸……一颗致命的炮弹发疯般冲到我们的战壕前，接着我就不省人事了，这一幕已经成了我脑子里永久的记忆。很多人就是这样死去的，在他们还没弄清楚到底是怎么回事之前。

　　我不知道昏迷了多久，清醒后仿佛来到了一个陌生的地方：周围什么声音也没有，所有的东西都死了，不管是敌人还是战友，全都死了。战场上尸横遍野，人的尸体、马的尸体横七竖八地躺着，炮弹壳、子弹夹、劣等烟的空盒到处都是。

弹坑随处可见,就像天花一样。战争结束后,我捡了一支不错的三英分口径步枪,并装了满满一背包子弹,然后开始往家走。

从小时候开始,我就一直想一睹大自然的美妙风采,现在我真的如愿以偿了:眼前的景象简直和我梦想的一模一样——像天堂一样。这是我平生第一次见到如此辽阔的原野:群山之中满是郁郁葱葱的森林,山谷里到处都是茂密、高高的绿草,如果人骑着马在山谷里走,会完全被淹没。

还有那篝火般的大红花、长得像鸟的蝴蝶以及两岸点缀着各种美丽花朵的小溪。我不知道我这辈子还能不能再欣赏到这种绝世美景。在处女般的大自然的怀抱中,我感受到了从未有过的惬意和欢畅。俄国国界就在不远处,那里的自然风光也很美丽。

走了没多久,我就发现小溪边有很多山羊的足迹,看样子,它们顺着沙底爬上去了。我知道,那是满洲里流动的山羊和麝的脚印,它们向北穿过国界,进入了俄罗斯境内。我从来没有追上过它们,但只有一次例外,在马河发源的山口处,在高高的峡谷的陡坡上,我看见了一只公山羊。它站在一块石头上,我想我可能已经暴露了,也许它正在用我听不懂的语言骂我呢!

那时,我的面包干早就吃光了,而且已经连续吃了两天的白色小蘑菇。这种蘑菇成熟后,用脚踩的话,会发出"噗"的声音。它不仅可以用来充饥,还和葡萄酒一样能让人兴奋。

我饿得头晕眼花,一看到山羊,就毫不犹豫地举起枪,小心翼翼地瞄准了它。就在准星瞄准山羊的一瞬间,我看见山羊所在处的下面,在一棵柞树下,竟然躺着一只肥壮的野猪。我顿时明白过来了,原来山羊骂的并不是我,而是它。

我调转枪头,瞄准了野猪。枪声响起后,我惊恐地发现,一大群野猪突然从四面八方蹿了出来。与此同时,在那个没有任何阻挡物的山脊上,我看不见的那群流动的山羊开始骚动,拼命地沿着马河朝俄国的方向飞奔。

山后面是一个丘陵，丘陵上有两座篱笆房子，房子周围是几小块种着庄稼的土地。这里的主人是中国人，他们高兴地收下了我带来的野猪，并热情地请我吃饭，临走时还送了我一些大米、小米和其他食物，算是与野猪的等价交换。

后来我才知道，在那片原始森林里，子弹无异于货币，所以我几乎没花什么力气，就越过了俄国国界线。翻越一个山脊后，出现在我眼前的是一片碧蓝的海洋。就算只是为了俯瞰这片蓝色的海洋，艰难地熬过那么多个和野兽一样似睡非睡、担惊受怕的夜晚，吃的全都是靠子弹换到的东西，我也觉得非常值得。站在高处，我惬意地欣赏着这美丽的景色，那一刻，我认为自己算得上是这世界上最幸福的人了。

吃了一点儿东西后，我开始沿着光秃秃的山顶朝偃松树丛走去，接着又走进了满洲里沿海的阔叶林。那里的黄伯栗简直像天鹅绒一样，一下子就吸引了我的目光。因为它是那么淳朴。它长得和我们的花楸树很像，但不是花楸树，而是黄伯栗。一棵黄伯栗的灰色树皮上竟然还写着一行俄文："不要再往前走，不然我就把你咔嚓！"由于时间太久，这行字已经变成了黑色。

我该怎么办呢？我再次看了一遍这行字，并默默地在心里盘算了一下，最终还是决定听取原始森林的警告：原路返回，另谋出路。我不知道的是，此时一个人正躲在树后看着我。当我读完警告，准备转身离开的时候，他走了出来，摇了摇头，意思是让我别怕他。

"没事，走吧，你尽快走！"他说。

他用不流利的俄语告诉了我事情的原委：三年前，中国猎人占领了这个峡谷，为了防止人们惊动野兽，影响他们狩猎——捕捉马鹿和花鹿，于是刻意写了这句话。

"没事，走吧，随便逛吧！"那个中国人微笑着对我说，"放心吧！"

但奇怪的是，这笑容让我感到很困惑，也很不自在。起初，我觉得这个中国人已经年老，甚至已经是古稀之年：他脸上的皱纹密密麻麻的，皮肤和泥土的颜色差不多,像老树皮一样皱巴巴的,几乎看不见他的眼睛。但微笑时,他美丽的眼睛瞬间光芒四射,皱皱的皮肤也舒展开来,嘴唇也有了血色,白白的牙齿闪闪发光,整个面孔自内而外透露出来的是一种像年轻人一样的神采飞扬、像孩子一样自然真实的感觉,就像有些植物遇到恶劣的天气或夜晚时,里面的灰色叶子就会紧紧地闭合,而在天气晴朗的时候,叶子就会完全伸展开一样。他的神情是那么热切,是我从来没有感受过的一种特别的神情。他瞥了我一眼。

"我想吃点儿东西。"他说完后,就把我带到了他的小土房子里。他的土房子坐落在峡谷的小溪旁,一棵满洲里核桃树的树荫正好将其遮掩起来,树叶几乎像人的手掌那么大。

小土房已经很旧了:棚顶是用芦苇做的,为了防止被台风刮走,上面还拉了网子;门窗上连玻璃也没有,只是简单地用纸糊了一下;房子四周没有篱笆,却能看见各种各样的挖人参的工具,比如小铲子、铁锹、刮刀、用桦树皮做成的小盒子和小棍子。土房附近看不见小溪的踪影,它藏在地底下的一堆乱石里,离得很近。坐在小土房里,打开门就能听见小溪高低起伏的歌声,有时候就像是高兴却低沉的谈话声。

当我第一次屏气凝神地聆听这样的谈话声时,我仿佛真的感觉到了阴间的存在。所有相爱的人天人永隔后都在那里团聚了,每个人都有一肚子的话,恐怕几个月也倾诉不完……机缘巧合,我在这个小土房里度过了很多年。在这漫长的岁月里,我始终对这种谈话声很敏感,和后来我听蟊斯、蟋蟀和知了的歌唱声麻木不仁的情况正好相反。

相比而言,这些音乐家的歌声是那么单调,一会儿工夫就会让人觉得厌烦。在我看来,这些小动物之所以出现在这个世界上,仅仅是为了引起人们的注意,仅仅是为了让寂静的荒野变得更深沉。如果没有它们,寂静的荒野就不会显得那么深沉。时至今日,我始终无法忘记地底下的谈话声,因为它变幻莫测,并且那感叹声总是突如其来、与众不同。

那个寻找生命之根的人收留了我，请我吃了饭，却对我的来历和到这里的目的只字不提。我享受完美食后善意地看了看他，他也对我笑了笑，好像我们已经认识了很多年，甚至是亲人一样。这时，他用手指指着西边问："阿尔谢亚？"

我知道他的意思，回答道："没错，我来自俄罗斯。"

"那么，你的阿尔谢亚是哪里？"

"我的阿尔谢亚是莫斯科，"我说，"那你的呢？"

他答道："上海。"

不用说，在我们一问一答的交谈中，"我的和你的"几乎在偶然间变得一致了。他是个中国人，叫卢文，我是个俄国人，我们之间却似乎有一个共同的故乡——阿尔谢亚。直到很多年后，在这条潺潺流动的小溪旁，我才开始了解"阿尔谢亚"的真正含义。

在距离小土房只有二十多步的地方，有一片无法穿越的茂密的森林，里面有柞树、黄伯栗、小叶槭树、千金榆和紫杉。它们的树干被五味子和葡萄蔓紧紧地缠绕着，还有那带刺的高高的艾蒿，以及在我们家乡的花园里才能看见的丁香，它们也和树缠绕在一起。

卢文经常下坡去提水，于是踩出了一条狭窄的小路。顺着这条隐约可见的小路往前走，很快就能绕过密林，爬到悬崖边。这时，在小土房旁边听到的仿佛来自地下的谈话声，突然全部冒了出来：水流从岩石底下流出来，马上就在对面的峭壁上撞得支离破碎，变成了五颜六色的水雾，然后再落下去。那块宽阔而陡峭的岩石也微微地渗着水，并且闪闪发亮，无数条细细的泉水都汇入了下面欢快奔腾的露天水流中。

在这清澈的泉水中痛痛快快地洗个澡，对我这个历经千辛万苦的疲惫的人来说，是多么惬意的享受，多么大的福气啊！我永远也不会忘记。在后面的山脊上，小虫子把我咬得遍体鳞伤，但这里紧邻大海，既看不见蚊子，也看不见牛虻或小虫子。在我洗澡处的下游，有一个漩涡，那是因几块石头形成的，我把衬衣放在那儿任水冲洗，自己却舒舒服服地享受着泉水从头顶倾泻下来的酣畅淋漓，和淋浴差不多。泉水自上而下跌落下来，发出的哗哗声吞没了人发出的一切声音，所以动物们安然自若地在溪流旁汲水。

在这片沿海的原始森林里，我第一次探险，竟然就有意外发现。阔叶树阴影下面有一片阴凉的草地，北纬四十二度的骄阳从天上洒落下来，到处都是一片斑驳的星星点点。沿海地区的夏天多雾，艳阳高照的时间并不多，今天我正好遇到了。如果动物在斑驳的亮点下一动不动，我几乎没办法分辨出它们的红毛上极其相似的斑点：几只花鹿可能就是在附近休息了一会儿，然后就离开了，只能看见它们身上的斑点在小溪上的亮点之间不断移动。

凡是到过东部地区的人，都对这片沿海原始森林里非常罕见的野兽有所耳闻：当它们的犄角还很嫩、带着血的时候，据说能让人容颜永驻、重拾欢乐。中国人认为鹿茸非常珍贵，关于它的稀奇古怪的传说我听了很多，竟然连故事和神话也似乎变得颇具新意了。

瞧，水边有一棵满洲里核桃树，它的两片巨大的叶子之间就冒出了两只鹿茸，毛茸茸的，像桃子一样鲜艳欲滴，就长在一个有着美丽的灰色大眼睛的脑袋上。当灰眼睛倒映在水面上时，旁边出现了一个没有犄角的光秃秃的脑袋，它的眼睛更好看，但不是灰色的，而是又黑又亮的。

母鹿旁边有一只幼鹿，鹿茸还没有长出来，脑袋上只有两个突起的疙瘩。还有一只小鹿，虽然看起来就是一个小不点儿，身上的斑点却和大鹿完全一样。这个小家伙欢快地甩着四只小蹄子，径直走到了小溪里。它小心地往前走，每一步都非常小心，从这块小石头上走到另一块小石头上，正好在我和它的母亲——那只母鹿——之间站住了。

母鹿担心地四处寻找着小鹿，往上看的时候恰好看到了坐着淋浴一动不动的我。它一下子愣住了，只是冷静地看着我，确定我到底是石头还是活物。和其他动物相比，它黑色的嘴实在是太小了，但它的耳朵非常大，这让它显得十分端庄、机警。如果仔细看，就会发现它的一只耳朵上有一个小孔，是透亮的。其他的细节我压根儿顾不上看，因为我所有的注意力都被那双好看的像黑宝石一样的眼睛吸引了。与其说它是一双眼睛，不如说它是一朵花。我终于知道中国人为什么把这种鹿叫做花鹿了，就是指它们美得像花一样。我真的无法理解，为什么会有人忍心对这美丽的花儿射出冰冷的子弹，在它的耳朵上留下永久的弹孔。

　　我和花鹿对视着，不知道到底过了多久，好像有大半天。我觉得很憋闷，快要喘不过气来了。也许是因为太激动了，我眼睛上的发射点也在不断地移动。花鹿也看到了这一切，缓缓地抬起细细的、长着又小又尖的蹄子的前腿，弯曲，接着突然伸直，用力地跺了一下。它用那漂亮的灰眼睛看着我，仿佛是在居高临下地看一件令人厌恶的不值一提的东西。动物毕竟是动物，永远不可能凭借自己的本性看清人类丑恶的一面，但它的目光中却流露出了鹿王的威严，唯一不同的是，它并没有像有地位的人那样对卑微的恳求者说："我非常愿意帮助你，但请你尽快告诉我发生了什么事。我自己实在闹不明白这些事。"

　　花鹿狠狠地跺了一下脚，灰眼睛犹犹豫豫地抬起来，此时它那毛茸茸的鹿茸还很短。这时，我在稍低的地方隐隐约约看到一个大脑袋。最初，这个大脑袋夹杂在其他脑袋中间一起往前移动，但很快它就露出了整个身子，原来又是一只鹿。它的脊背上长着一条像皮带一样的黑色横纹，非常醒目。虽然隔得很远，但是我一眼就能看出那个戴着黑脊梁的家伙来者不善。瞧，它那乌黑的、阴沉的眼睛里露出了凶光。

　　糟糕，黑脊梁旁边所有的鹿都在花鹿的指示下纹丝不动地看着我，就连小溪中的小鹿也开始模仿大鹿，站在那儿不动。渐渐地，它和所有的鹿一样，被虱子咬得受不了了，而且也觉得呆呆地站着很无聊，便抬起一条腿来挠痒痒。这时，我终于忍不住微微一笑，花鹿明白了我的意思，赶紧用力跺脚，把石头踢翻，石头掉进水里后溅起了水花。接着，它动了动黑嘴唇，就像人们吹口哨一样，开始撒腿往后跑。它故意把尾部的白毛露出来，特别像一张宽大的白餐巾，好让那些鹿能跟在它后面跑。

  一岁的小鹿、灰眼睛、黑脊梁，还有其他鹿，都跟着这只母鹿离开了。当它们消失在我们的视野中时，又一只漂亮的母鹿欢快地跳到了小溪的中央，停了下来，仿佛在问："怎么了，它们要跑到哪儿去啊？"突然，它回过头从反方向越过小溪，很快就来到陡坡的中腰，在那儿俯瞰我，然后就在黑色的岩石和蔚蓝的天空交汇处消失不见了。

为了抵御恐怖的台风，卢文刻意把小房子建在很深的峡谷里。如果顺着峡谷的陡坡往上爬大约一百米，就能看见浩瀚的太平洋。就在我看见鹿的不远处，我们的咔嚓峡谷流进了祖苏河的大河谷里。流到这里时，溪水的速度已经明显变缓。在这个过程中，河谷慢慢变成了盆地。流水历经艰难险阻，流经山沟、河谷，终于有惊无险地投入了大洋宽阔的怀抱。

在我来到这儿的第二天，就有一艘船停在了祖苏河的港口，随之而来的是一批移民。移民在这儿安顿的同时，船在这里停留了两个星期。就在这短短两个星期里，我这辈子最重要的事情发生了。下面，就让我来告诉你们到底是怎么回事。

祖苏河流经的盆地是那么肥沃，繁花似锦，简直就是一片花的海洋。每一朵花都有自己的特点，喃喃地向人们诉说着自己的淳朴和美丽。关于这一点，我是后来才感受到的：祖苏河的每一朵花都像一个小小的太阳，都包含着太阳光和大地完美结合的小故事。如果我也能像祖苏河的花一样，可以尽情地讲述自己的传奇经历，那就太好了！

这儿有五颜六色的鸢尾花，有淡蓝色的、黑色的，应有尽有；有五彩斑斓的兰花；还有红的、黄的、橙黄的百合花。在繁花丛中，随处可见鲜红色的石竹。山谷和盆地里到处盛开着看似普通但却非常美丽的花朵，蝴蝶欢快地翩翩起舞，远远看去，倒像是花朵在飞舞一般。

这里的蝴蝶也是各种各样的，有黄色中带一点红色和黑斑点的大凤蝶，有土红色、在太阳光下能变幻出无数种颜色的荨麻蛱蝶，还有罕见的深蓝色的大金凤蝶。还有些蝴蝶我从来没有见过，它们能蜻蜓点水般漂浮在水面上，然后再猛地飞起来，在花海中展现自己优美的舞姿。有一次，我在观察一朵花萼时，意外地看见了一只从来没有见过的蜂，它不是丸花蜂，也不像黄蜂，更加不像蜜蜂，到现在为止，我还是不知道它的名字。

在地面上，身手敏捷的步行虫在奔跑，黑色的埋葬虫在慢慢地蠕动，一只种族历史悠久的巨大甲虫藏在那里，正在等待机会直冲云霄。在这片花的海洋里，大概只有我没有勇气直视太阳，也不敢像花朵一样阐述自己的淳朴。如果我要与太阳交谈，就不能直接看着太阳，因为在强烈的太阳光下，我根本睁不开眼睛，什么都看不见。我唯一能做的，就是将我热切的关注投入到享受太阳普照的世间万物上，把它们的光芒聚集起来。

我们的房子上面，有一块高高的岩石，我站在那里看到了轮船，并对船上的那些人充满了好奇。于是，我沿着我们的咔嚓小溪流进祖苏河的地方往下走，天气突然变得非常热，我觉得很累，想停下来歇息一会儿。在小溪和祖苏河的交汇处，长着几棵矮小的满洲里核桃树，已经被葡萄藤紧紧地缠绕起来了，被裹得严严实实的，有的树简直变成了不透气的淡绿色帐篷。

我很想钻进一个帐篷里凉快一会儿，舒舒服服地休息一下。但是，要想扒开乱七八糟垂向地面的粗壮葡萄藤钻到里面去，并不是一件容易的事。当我费了九牛二虎之力，终于扒开藤蔓时，出现在眼前的竟然是一块宽敞的干燥空地。我欣喜地走进去，坐在一块阴凉的石头上，背靠着一棵树干呈灰色的树。事实上，帐篷里并不像我们在外面看到得那样密不透光，这里的绿叶好像都在发光，太阳从枝叶的空隙中照进来的光斑也随处可见。

周围是那么寂静。过了一会儿，我突然发现了一点儿动静，觉得很惊讶。只见光影之间有可疑的东西在移动，好像有人在外面一会儿挡住了阳光，一会儿又走开了。我轻轻地拨开葡萄树的嫩枝，终于知道发生了什么：一只母鹿站在离我只有几步远的地方，它身上是密密麻麻的光斑。我和它离得很近，恰好我又在下风向，因此能清清楚楚地闻到它身上的气味。但如果风向完全调转过来，结果又会怎样呢？

我紧张得手心里直冒汗，生怕自己无意中发出的一点儿声响会吓到它。我屏住呼吸，几乎不敢喘气，那只鹿倒是在慢慢走近我，和所有谨慎的动物一样，它竖起长长的耳朵，仔细地聆听周围发出的任何可疑的声音。在那一瞬间，我以为自己很快就要完蛋了。

它的耳朵正对着我，我猛然发现了它左耳上的弹孔。原来，它就是那只在小溪旁边对着我跺脚的母鹿，与朋友的重逢让我欣喜不已。此时，它摆出的还是我熟悉的动作：在纳闷或深思中抬起一只前腿，一动不动的，如果我的呼吸不小心触动了一片小小的葡萄叶，它立刻就会把腿放下来，跺一下，然后迅速消失得无影无踪。我当然不会再犯同样的错误：我一动不动，所以它放下腿，一步步向我走近。

我目不转睛地凝视着它的眼睛，再次感叹着它的美丽。为此，我一会儿联想到女人好看的眉目，一会儿又联想到祖苏河畔花海里一朵好看的小花。想到这里，我再次对人们叫它花鹿的原因表示理解。我甚至作了这样的假设：在几千年前，一个籍籍无名的黄皮肤的诗人无意中看到了这双美丽的眼睛，误以为它是一朵花，而我这个白皮肤的人现在也把它当成了一朵花。

想到这里，我忍不住兴奋起来，因为并不是只有我一个人是这样想的，由此可见，世界上的很多事其实并没有异议。我也终于明白，中国人为什么会对这种鹿的鹿茸情有独钟，而不是粗野的马鹿或大角鹿的鹿茸。不可否认，对人类有益且可以制成药物的东西不计其数，对人类有益且拥有绝世美貌的东西却世间罕见。

花鹿又往前走了几步，离我更近了，却突然用后腿支撑着身体，把前腿抬得高高的，甚至比我的头还要高。与此同时，它的两只精致的小蹄子穿过密密的葡萄藤，向我伸了过来。我听见了它咀嚼葡萄叶的声音——葡萄叶很可口，不光花鹿爱吃，就连我们人吃，也会感觉不错。看到母鹿饱满的乳房，我想到了它的孩子，但我不敢斜着身体四处张望，尽管我知道小鹿就在附近的某个地方。

我是个猎人，对花鹿来说无异于野兽，所以我时常会有把鹿抓住的冲动。我自认为身强力壮，因此只要我使出全部的力气抓住它蹄子的底部，就一定能让它动弹不得，然后再用腰带把它捆得结结实实的。猎人们都会理解我这种想把鹿据为己有的欲望，但我的身上还有另一种人的影子：他们从来没想过抓住鹿，相反，如果有可能，他们想尽一切所能让这美好的瞬间永远定格在自己的记忆中。不过，无论是谁，都有可能遇到这样的情况：即便是最热衷于打猎的人，在野兽中弹即将倒下的一瞬间，铁石心肠也会变得柔软；而即便是最善良的诗人，也难免会有把好看的花朵、鹿、鸟儿据为己有的念头。

我是个地地道道的猎人，但我从来不知道，我身上存在着另一种人性，更不会料到，美或者其他任何情感会像绳索一样绑住我的手脚，就像捆绑鹿一样。我身上的两种截然不同的人性产生了争斗。一个说："机不可失，时不再来，如果错过了这个千载难逢的好机会，你可能会后悔一辈子。别犹豫了，赶紧动手吧，你将得到一只雌花鹿，它可是这世界上最美丽的动物呢！"另一个却说：

"坐着别动！你舍得破坏这美好的瞬间吗？千万不要伸出你罪恶的双手。"

这一幕和一个童话故事里的情节惊人的相似：当猎人用猎枪对准天鹅的时候，却听见天鹅苦苦地哀求猎人放过它。后来猎人才知道，原来天鹅是公主变的。猎人忍住了开枪的冲动，最终得到了一个妩媚动人的姑娘。我也和猎人一样，在心里进行了痛苦的挣扎，甚至不敢喘气。你知道我为此付出了多么大的代价吗？这种自制几乎要了我的命。我强忍着内心的欲望，就像一只看见猎物的狗一样浑身不停地颤抖。

花鹿可能感受到了我这种兽性的颤抖，觉得不安，于是小心地缩回了伸进葡萄藤里的蹄子。它四条腿着地，警惕地从枝叶的黑黝黝的缝隙中看了我一会儿，才转身离开。但是没走几步，它突然停下来，再次回头看了看，只见小鹿已经从某个我没看见的地方来到了它身边。它们母子俩一起，直直地盯着我看了好半天，最终在绣线般的菊花丛中消失了。

在山区，原始森林里的河流一到春天和夏秋之际就会进入汛期，总是要把很多被风吹倒或被洪水冲倒的大树——杨树、雪松、千金榆、兴山榆——带到海岸边，并用沙把它们盖住。年复一年，日复一日，当海水逐渐消退后，先前在岸边累积的东西露了出来，形成了海湾。

祖苏河和大海仿佛展开了拉锯战。没有人知道，在海岸线最终呈现出半圆形的过程中，岁月的长河究竟流淌了几百年。也没有人知道，当轮船的汽笛声划破海边荒野的沉寂，吓得海湾之间众多石头小岛上的海豹仓皇跳进水中之前，到底有多少海兽光临过这个岛。

海边的沙滩上有一棵参天大树，一半已经被沙土掩埋了，远远看去就像是一只石化的大海兽的后背；树梢上长着两根突兀的粗枝，节子密密麻麻的、黑漆漆的，仿佛是要与天公一比高下。这棵树的一些细枝上，挂着一些台风刮来的海胆骨架，白白的圆圆的，就像挂着许多小盒子。瞧，一个女人正背对着我，坐在沙滩上寻找大海对人类特别的馈赠呢！

那只美丽的动物就在被葡萄藤缠绕的树边，它对我产生了很大影响，此刻正在我的心中荡漾。这个陌生女人有一种巨大的吸引力，让我不由得想起了那漂亮的花鹿。虽然我从来没见过她，但我相信她有一双和花鹿一样俊俏、迷人的眼睛。

直到现在，我也不知道自己为什么会有这种想法。因为不管是仔细地观察还是画画，这两者之间都没有一点儿相似之处。但我仍然执著地相信，只要她肯转过身来，出现在我面前的就一定是变成了女人的花鹿。又过了一会儿，上帝仿佛要证实我的猜想，天鹅公主童话中的那一幕真的再现了。神啊！她的眼睛，简直和花鹿的眼睛一模一样，以至于鹿身上所有的东西，比如毛、黑色的嘴唇、灵敏的耳朵，都在无形中呈现出了人的特性，但与此同时又和鹿一样，实现了真善美的完美统一，浑然天成，仿佛一切都是上天注定的。

她警惕地打量着我，似乎要像鹿一样狠狠地跺脚，然后一溜烟跑掉。见此情形，我思绪万千，怅然若失，好像在迷迷糊糊中下定了什么决心，但我至今没找到能表达我当时的心情的准确词语——在我还不知道自己能否获得自由时。没错，我真正想说的是，当我离开峡谷，来到祖苏河盆地，看见花儿开得鲜艳、河水潺潺地流入海洋的时候，我的心中有了一种特别的感觉，那种感觉恐怕只有用"自由"来形容才是最准确的了。

其中最主要的，还是我身上两种人性之间的冲突。当花鹿把两只蹄子穿过葡萄藤伸向我的时候，我突然变成了两个人：一个是猎人，试图用有力的双手抓住它的蹄子，将它当成猎物；另一个人我也不认识，那一刻，他想把眼前的美景永远地留在我的脑海中。所以，现在我可以肯定地说，我正是以一个连我自己都感到陌生的身份，怀着既胆怯又激动的心情，忐忑不安地走到她的身边的，而出人意料的是，她竟然一下子就理解了我。事实上，她一定会理解我，会给我答案。

如果这种心境随时都可能出现,那么我们每个人都可以随心所欲地让所有的花儿、所有的天鹅、所有的母鹿变成公主,就像我和我这位变化而来的美丽公主,一起生活在祖苏河遍地鲜花的盆地、山野和大大小小的河流岸边一样:我们曾亲自攀登过前身是火山的雾山,现在那里已经培育出了珍贵的花鹿;我们一起在小土房子里静静地聆听我们的祖先在地下的谈话。

就是在这时候,采参人卢文给我讲述了人参对人类永葆年轻和美貌的神奇功效。他还向我展示了用人参、鹿茸和一种能入药的小蘑菇混合制作的药粉。但当我笑嘻嘻地向他讨要永葆年轻和美貌的药粉时,他却显得非常生气,不再搭理我。他可能是埋怨我不相信他,也可能是因为,他认为只有诚心诚意才能找到人参,所以暗示我要和他这个采参人一样具有诚意。还有一种可能:卢文从我的幸福中,看到了令人羡慕的、犹如闪电般的光芒。

我身上仍然有两个矛盾的人共存着,和对待美丽的花鹿时一模一样:一个是猎人,另一个则是陌生人。当我们走进葡萄帐篷、等待花鹿的大驾光临时,我做了一件错事——准确地说,做错事的其实并不是整个的我,而是作为猎人部分的我。结果,她一怒之下改变了对我的看法:就像一次突如其来的闪电,摧毁了我们之间的友好关系。但这并没有影响我的心情,我重整旗鼓,再次显现出了我惯有的能征服一切事物的优越感。

我坐在葡萄帐篷里,突然从缝隙里看见一只体态优美的花鹿,它和小鹿一起穿过林中空地,在离我们很近的地方咀嚼了一会儿葡萄叶子,然后就消失在了遍布绣线菊和崖柏的灌木丛中了。我和往常一样,怀着高高在上的优越感,向她讲述了曾经与花鹿偶遇的情景:花鹿怎样把后腿立起来,怎样小心翼翼地把小蹄子伸进葡萄藤,我怎样浑身颤抖地强忍住想抓住它的冲动,而我身体内的那个陌生人帮我留住了这个难得的瞬间,接着,为了嘉奖我,花鹿摇身一变成了公主……

我之所以讲这个故事，是想告诉她我完全有资格拥有优越感，相比之下，我只是偶尔犯错，却不会一直犯错。我说话的时候没有直视她，而是盯着我们周围的绿色空间。我避免和她对视，只是告诉她我心里的真实感受。当我自认为时机已经成熟，终于可以和她对视时，终于能够看到我想看到的……我本以为会看到蔚蓝色的光芒，没想到看到的却是一团火。她的脸红扑扑的，眼睛半睁着，看着脚下的草地。

在这一刻，远远传来了轮船的汽笛声，她一定听见了，却假装什么都没听见。历史再次重演了，就像第一次遇到母鹿时一样，我一下子愣在了那里。我也和她一样，心里热腾腾的，直到我的金属都被烧白了，我却丝毫没察觉出来，仍呆坐在那儿。轮船的第二声汽笛声响起来了，她猛然站起来，整理了一下头发，看都不看我就走了……

四

  当你站在岸边时,大海的咆哮声为什么会使你得到慰藉?波浪有节奏地拍打着海岸,向人类诉说着作为行星的地球,在大运行期中的发展历程。拍岸的波浪就像是地球的钟表,当这个大运行期与你在岸边看见的贝壳、海星和海胆匆匆结束的短暂生命不期而遇的时候,你会对世间的生活产生无限的遐想。与此相比,你个人的小哀痛简直就是沧海一粟,根本不值一提,很快就会被忘得一干二净……

  紧靠海边的水中躺着一块石头,看上去很像一颗黑色的心。它为什么会在这里?它可能原本生活在峭壁上,是被一次极大的台风从远处刮来的。现在,它老老实实地躺在水下另一块岩礁上,但似乎躺得并不稳当:要是你紧紧地贴着这块石头,静静地感受,就好像能跟着波浪拍击的节奏而微微晃动。不过,我不确定是不是真的会这样。我的这种感觉,也有可能与海水和石头无关,而是因为我自己的心跳。孤零零的感觉真不好受,我希望能有个人陪在我身边,于是竟然把这块石头误认作了人,和它在一起就像和人在一起一样。

  这块心形的石头上面是黑的,近水的一半是浓绿的,原因是:涨潮时石头完全被水淹没了，绿色的水草终于得到了喘息的机会；而退潮以后，水草就只能无可奈何地垂挂着，等待再次涨潮。我爬上这块石头，注视着轮船，直到它从我的视野里完全消失。然后，我干脆躺在石头上，静静地听了很长时间：这块心形的石头也有自己的心跳声，通过这颗心，周围的一切似乎都开始和我交谈，我甚至觉得所有的东西都变成了我的，变成了活的。

从书本上学到的关于自然界的知识，原本都是孤立存在的：人就是人，动物就是动物，还有植物和石头，总之，书本上的一切知识原本就不是自己的。但是此刻，我却觉得它们变成了我的，而且所有的东西都变成了人，包括那没有生命的石头、水草和拍岸的波浪，还有那像渔夫在石头上晒渔网一样晒翅膀的鸬鹚。

晒翅膀的鸬鹚让我渐渐平静，甚至昏昏欲睡。直到石头被水和海岸隔开，我才醒过来。只见，石头的一半身子被水淹没了，周围的水草微微游动，就像活的一样；沙滩上的鸬鹚被波浪打到了，却仍傻傻地蹲在那儿晒太阳，冷不丁被涌上来的波浪浇得像落汤鸡一样，那架势好像它们要被卷到海里去。但是，它们重新蹲好，像硬币上展翅飞翔的鹰一样展开翅膀，仍旧泰然自若地晒起太阳来。这时，我不禁开始思索一个既重大又亟待解决的问题：鸬鹚为什么宁愿留在这个沙滩上被波浪浇，也不愿去稍微高点的地方晒太阳呢？

第二天，我又在这儿听波浪拍岸的声音，朝着轮船远去的方向看了很久。我清醒后猛然发现，自己被浓浓的雾笼罩着，隐约能见到刚迁居于此的人们在岸上穿梭。我想，此时的我在他们眼里就是一个无家可归的流浪汉，而且为了防止什么伤害性的行为出现，他们会把斧头和铲子藏起来。他们当然看错人了！

不瞒你说，我曾经当过流浪汉，但现在我已经身心俱疲、满身是伤，痛苦已经把我折磨得麻木不仁，任何地方对我而言都没有区别。这世界上所有的生物在我眼里都是一样的，如今没有任何东西值得我去追寻。无论是外界还是我的内心,任何变化都不会再给我带来一丁点儿新鲜感。在我心里,出生的地方并不能算作故乡,在出生的地方,再加上一些属于自己的东西,才算得上是真正的故乡。

海上的暑气上升到山脊后逐渐冷却,就会变成如绵绵细雨般的白雾落到地上。但在我看来,它们仿佛是白衣白褂的神枪手,洋洋洒洒地从天而降。它们不是用子弹射击我,而是用细小的霰弹射击我,直到我遍体鳞伤,痛苦不堪,却又头脑清醒,它们迫使我到这无法逃脱的痛苦中去理解、去感悟。

不!我早已不是流浪汉了,我非常清楚鸬鹚为什么宁愿在这沙滩上晒太阳,也不愿去高处的山岩上晒太阳:它们必须在这里捉鱼吃。它们的真实想法是:"飞到高点儿的地方虽然能把翅膀晒干,却没有鱼吃,要饿肚子。还是乖乖地待在这沙滩上吧!"它们心甘情愿地艰难生活着,在海边的沙嘴上落地生根。

我还觉得,这块心形的石头在波浪的拍打下不停地摇动,它在这儿一躺可能就是一百年,甚至一千年。和它相比,既然我并没有什么特别的优越之处,又为什么要换个地方去获得慰藉呢?事实上,这世界上根本没有慰藉可言,又何处寻找呢?

当我终于鼓起勇气,坚定地告诉自己找不到任何慰藉,一味地指望外界的某种变化带来什么好事,这样的事情永远都不会再发生时,而且对我也不再具有诱惑力,然后,我惊讶地发现我的痛苦马上减轻了,而且能维持一段时间。我突然想起了卢文,不由自主地走进了他的小房子里,感觉就像是回到了老家一样。

今天晚上的峡谷深处又闷又潮,把所有会飞的昆虫都叫醒了,无数只昆虫在交配时不停地飞行,并点亮了自己身体内的夜明灯,仿佛是从此时不见踪影的月亮那儿借来的一样。我坐在小房子的屋檐下,眼睛也不眨地盯着某只萤火虫飞行,从起点到终点。每只萤火虫的发光时间都很短,大约只有一秒钟或两秒钟就会暗下去,不过另一只萤火虫会像接力赛一样接着把灯点亮。萤火虫也要适当地歇息一下才能继续飞行,一只萤火虫的飞行路线中断后,另一只会紧跟着继续飞，这样的景象是不是和我们人类一样呢？

"卢文，"我问，"你是怎样明白这些事的？"

卢文突然回答道："我现在的感受，和你的一样。"

"此话怎讲？"

突然，地底下时高时低的谈话声停止了，发出了一声轰鸣，好像有什么事发生了。卢文认真倾听，脸色凝重。

"也许，"我说，"有块石头掉下去了。"

他不明白我的意思。我用双手比划出了一个圆圈，做出地洞的样子，想告诉他石头掉到水里后影响了溪水的流动。卢文对我的话表示赞同，又重复道："我现在的感受，和你一样。"

这已经是他第二次说这句话了，但我还是不明白他的意思。突然，莱巴害怕地夹着尾巴冲进了小房子里，大概是因为老虎从附近经过或者正藏在乱石间，想伺机捉住莱巴。为了防患于未然，我们生起了火堆，不想却招来了很多夜蛾。夜蛾喜欢这样潮湿、闷热的天气，纷纷从四面八方飞了过来，我甚至能听到它们翅膀扇动的窸窣声。我从来没听任何人说过这里的夜蛾这么多，晚上时竟然能听到它们飞行时的声音。

如果是在很多年前，在我还是个单纯而健康的人时，这种窸窣声对我来说并没有什么特殊的意义，而现在，它对我而言无异于生活的窸窣声。我被这一切触动了。我屏气凝神，睁大眼睛，惊讶得连嘴巴也合不拢，问卢文的想法，却得到了第三次意味深长的回答："我现在的感受，和你一样。"

这时，我仔细看了看卢文，终于明白了他的意思：他真正感兴趣的，不是这飞来飞去的萤火虫，而是来自地下的坍塌；不是无数只夜蛾发出的窸窣声，而是我自己。他关心一切活的生物，生活在其中的他必然有自己独特的理解，但现在他最想做的一件事，就是通过我对眼前景象的关心，了解我这个人。而且，他非常清楚轮船从我身边带走的是什么人。

他拿出一张獾皮,这可是他寻找人参时的好伙伴,然后和我并排坐在了屋檐下。他裹上獾皮后简直就像一只狗。他睡觉时能听见身边人说的任何话,甚至可以在梦中做出理性的回答,就像一个睡着了的人含糊不清地嘟囔一样。

很多年过去了,此时的我已经饱经风霜,这时我才懂得,我们在那个夜晚感受到的生活中的亲近和厚重,并不像我那时所理解的那样,是痛苦的,反而是快乐的。痛苦就像犁地一样,只是把表层的土翻起来,为我们的生命提供各种全新的可能性。但是一些天真的人偏偏喜欢自以为是,认为我们能懂得别人生活中的亲近和厚重,完全是因为有着相同的痛苦。当年我也是这样想的,觉得自己能理解这一切,是拜痛苦所赐。但是,这其实并不是痛苦,而是源于我内心深处的从生活中感受到的快乐。

"卢文,"我问,"你有过自己喜欢的女人吗?"

"什么意思?"卢文反问道。

"一个太阳。"我说道,并比划了一个否定的手势,指的就是昨天。我再伸出两根手指,代表我们昨天是两个人。然后才伸出一根手指,指着自己。

"今天,我只是一个人。"

说完,我用手指着轮船远去的方向。

"女人就在那里!"

"太太!"卢文高兴地叫道。

他顿时明白了我的意思:我口中的女人被他理解成了"太太"。于是,他做出了横着躺倒、双目紧闭的样子。

"睡啦,早就睡啦!"

原来他太太死了。

"她是你的妻子吗?"

他不知道妻子是什么，我只能再次比划：两个人在一起睡觉，然后生出孩子。

卢文懂了，露出了微笑：他认为老太太是妻子，而太太指的是未婚妻。他比划着一个只有半人高的人，接下来的人一个比一个小，第四个，第五个，还有一个非常小的拴在背上，甚至还有一个正在肚子里……

"简直太多了，没办法，就靠两只手干吧！"

那个老太太是他哥哥的妻子，哥哥"睡啦"，他自己的太太也"睡啦"，他的老太太也"睡啦"，他的孩子们全都"睡啦"，而卢文在为哥哥的老太太干活，然后把挣的钱寄回上海。

茫茫长夜，我们一直闲聊着。我迷迷糊糊地嘟囔："睡啦，太太！"

卢文回答道："祝你平安，太太！"

也许是这句话让我感到心里暖暖的，所以我再次引导他开口说话，他真的回答了："祝你平安，太太！"

看来，老虎并没有在我们附近继续逗留，而是离开了。不一会儿，莱巴走出了小房子，蜷缩着躺倒在卢文身边。火堆也灭了。萤火虫发出的窸窣声也消失了。只有那借用月光的夜明灯仍不停歇，在交配的飞行中划破了黑夜，一直忙碌到清晨。植物宽大的叶子从潮湿的空气中吸收了充足的水分，此时突然如绵绵细雨般飘散下来……

瞧，从这块岩石的缝隙里流出的水形成了大滴的水珠，就像人一直在流泪一样。我当然清楚这是石头而不是人，石头是没有感情的。但即便如此，当我亲眼看见石头像人一样悲伤地流泪时，我还是不由得同情起石头来，我就是这样一个人。

我躺在岩石上，听见自己的心在怦怦地跳，而且觉得岩石的心也在跳。算了，还是别说了吧，我很清楚，这只是岩石而已！但我实在是太渴望有人相伴了，我觉得它就像知己一样，而且它是全世界唯一与我心心相通的人。我曾无数次大声地呼唤道："猎人啊猎人，你为什么要把它放走，不抓住它的蹄子呢？"

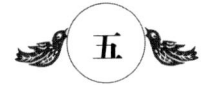

五

那时候的我简直是太天真、太单纯了！我深信，只要像抓住鹿一样把未婚妻紧紧地抓住，一切问题就都解决了，当然也包括生命之根的问题。我亲爱的孩子们，小伙子和姑娘们，那时候的我也和你们一样年轻，把你们口中的没有玫瑰花和稠李花的爱情看得太重。没错，我们的生命之根当然应该埋在泥土之下，从这个角度来说，我们也和动物一样，但我们不能把爱情的花和枝埋进土里，而应该把原本被隐藏的根露出来，使人的生命之源暴露在光天化日之下。

遗憾的是，人们往往要到危险出现后才能明白这个道理，而孩子们又不愿意听父母的话，对于这件事，大家宁愿做一个无人管教的孤儿。但幸运的是，我遇见了卢文，他是这个世界上最温和、最体贴的人，更是世间罕见的文化最高的长辈。

没错，在那个荒无人烟的地方，我坚信一件事：使用香皂和小刷子涉及的只是少得可怜的文化，而文化的本质取决于它能否使人与人之间实现理解和联系。我逐渐明白，卢文最重要的工作是医生——单从医学的角度来看是否如此我并不清楚，这已经超出了我的能力范围，但我可以肯定的是，所有从卢文身边离开的人，脸上都堆着笑容，很多人还会专门回来感谢他。从原始森林的四面八方来找他的人形形色色，有蛮子、猎人，包括中国猎人、采参人、红胡子、各种土著、鞑子、果尔特人、奥罗奇人、带着女人和满身痂的孩子的基立亚人、俄国流浪者、苦役犯和移民。

卢文在原始森林中人缘很好，而且他似乎已经认定，金钱是继人参和鹿茸之后入药最好的东西。他从来不缺少这种"药"，只要他通知一声，就会有人主动送上门。有一年夏天，祖苏河发生泛滥，把地里的庄稼全都淹死了，新来的移民们没有食物可吃。卢文救了他们：他通知了他的朋友，后来中国人帮助俄罗斯人度过了难关，这才使移民们没有被活活饿死。这件事让我懂得，所谓的文化并不体现在西服衬衣的袖口和袖扣上，而是建立在人与人之间亲密关系的基础之上，这种关系甚至能把金钱变成良药。关于这一点，我并不是从书本上学到的，而是我的亲身经历，我将永生难忘。

起初，当我听到卢文说金钱是良药时，我觉得很荒谬，但是当我们真的生活在荒无人烟的地方时，我渐渐对这句话表示了赞同。除了人参、鹿茸、金钱外，他用来入药的东西还有斑羚血、麝香、马鹿尾、鸱鸺脑、地上和树上的各种蘑菇、草和树根等，其中有很多和我们家乡的一样，比如母菊、薄荷。有一次，我看见卢文正在全神贯注地辨别各种草，于是问他："卢文，你什么都知道吗？说实话，我到底有没有病呢？"

"这世界上所有的人，"卢文回答道，"既可以说有病，也可以说没病。"

"那我应该吃什么药呢？"我问道，"鹿茸吗？"

他大笑着，因为他让人吃鹿茸，只是为了恢复此人的性欲。

"那么，"我又问，"人参对我有用吗？"

卢文止住了笑，打量了我半天，什么话都没有说，但第二天他对我说："你的人参一直在长，你很快就能看见了。"

卢文从来不说瞎话，所以我希望能亲眼看到长在原始森林里的人参到底是什么样子的，而不仅仅是看见它的粉末。有一天深夜，莱巴一边叫一边跑进峡谷的深处。卢文跟着它走出了小房子，我也赶紧带着枪跟了出去。

卢文和莱巴在黑夜里回来时对我说：

"不用带枪，是自己人。"

没多久，我就看见六个全副武装的中国人。他们全都带着枪和大刀，他们长着好看的鹰钩鼻，是满族人。

"是自己人！"卢文又对我重复了一遍，并且指着我用中国话对他们说了一句话，可能也是在说："是自己人。"

满族人亲切地向我鞠躬致敬，他们身材高大，弯着腰按顺序走进了小房子。他们围坐在一起，把什么东西卸下来放在地上，忙活了一会儿后就认真地看了起来。

"卢文，"我小声问道，"能让我看看吗？"

卢文又用中国话说了一句"是自己人"，满族人便崇敬地正对着我，腾出一块地方，让我坐下来仔细看。

直到这时，我才生平第一次目睹了传说中的生命之根——人参，它是那么珍贵、稀罕，竟然要由六个全副武装的壮小伙子护送。黑地上放着一个用雪松树皮做成的小箱子，里面的黄颜色的根并不长，长得很像我们的香菜根。我坐在他们中间后，这群人又开始认真地观察了起来，我发现这枝根竟然和人很相似。瞧，它的身体上长着腿、手和脖子，脖子上长着脑袋，脑袋上有辫子，手脚上的根须俨然就是细长的指头。

但是，最吸引我的并不是长得像人的人参——植物的根随意交错着，奇形怪状的，这根本不足为奇。真正吸引我的，是眼前这七个全神贯注地看生命之根的人，他们对我的影响远远大于人参。这七个活生生的人，是几千年来死去的千百万人的后人，那千百万人也像这仅存的七个人一样，都相信生命之根。说不定，很多人也虔敬地看过它，或者尝过它。

在他们的虔诚的感染下，我就像曾伫立在海边，全身心地听任行星在某种大运行期的摆布一样，在我看来，这些人生活的片段也像是滚滚的浪涛，像涌向海岸似的全部涌向了我——这个活人，致使我很快就会被海水冲洗一遍。他们恳请我不要从自己的角度去理解根的药用，而是要从行星本身的、也许在行星存在以前的运行期的角度去理解。

后来，我从学术著作中了解到，人参是从五加科遗留下来的，到大地第三纪时，它附近的动植物都已经变得面目全非，根本辨认不出来了。但是卢文等人的虔诚在我心中激起的浪花，并没有被这些知识平息下来，这也是很正常的。现在，我虽然已经拥有了这些知识，但那小小植物的命运依然牵动着我的心，它的环境在几万年的时间里经历了沧海桑田，从晒得烫手的沙土变成白雪，好不容易有了针叶树的荫庇，还不时有狗熊出没……

满族人专心致志地看了很长时间，然后突然开始争论。根据我的推断，他们的争论主要是围绕这支根在构造上的细微部分：也许一支根须更适合雄根，可以为它增色，却不适合雌根，还不如干脆去掉。诸如此类的问题不胜枚举，一个接一个地从他们的口中冒出来，对已经形成的成熟的见解提出质疑，继而开始激烈地争论。

可以这样说，所有的冲突最终都是在卢文笑眯眯的调解下解决的，大家也都很相信他的话。这时，卢文不再着急，像所有精通自己所掌握的学问方面的权威人士一样，非常淡定地控制着一切。大家都对卢文的判断深信不疑。等大家激动的心情变得平静，开始心平气和地展开讨论时，我才下定决心问卢文他们谈的是什么。

"很多很多药。"卢文回答道。

也就是说，现在他们是在谈钱，看这个极其罕见的宝贝到底能值多少钱。据卢文所说，一个可怜的采参人找到这支根后死于非命了，宝贝也就落到了骗子手里。一个"上人"，也就是我们常说的商人，来自中国，花了很多钱雇了很多人专门来运根。但是，商人给出的酬劳非常低，谁也不知道这支根到底值多少钱：世间所有的商人都争着抢着付比别人更多的钱，希望能把这枝根买下来，但是根的主人的要价也在水涨船高，因为他们每个人都是骗子。

"结果怎样？"我问。

"没结果，"卢文回答道，"这样的根就走啊走啊。这样的根可以做成很多很多药。如果小孩子找到了它，就会睡啦；如果大人找到了它，就走啊走啊。"

满族人把贵重的"走啊"根托付给卢文看管，然后躺在冰凉的石头上休息，也许在天亮之前就会悄悄离开。

睡梦中的我被一种奇怪的呼呼声惊醒了,听起来就像是电线杆在天气恶劣时发出的声音。但这怎么可能呢?因为在沿海的原始森林里,根本就不会有电线杆。我睁开眼睛,映入眼帘的是卢文。他也在聚精会神地听。

"去吧!"他说,"你的人参长呀长呀,你很快就能看到。"

和很多中国采参人一样,他也穿着一身蓝色的衣服,前面系着一条用油布缝制的遮挡露水的围裙,后面挂着一张獾皮,这样就可以在潮湿的天气里坐在地上休息一下。他头上戴着一项用桦树皮做成的尖顶小帽,手里拿着一根结实的棍子,用来扒拉脚下的落叶和草,腰上则佩戴着一把刀和一根挖参用的鹿骨签子以及一个小口袋,里面装着燧石和火镰。这种蓝衣蓝裤的打扮,让我不禁联想到了另一些人,他们用枪射击这种打扮的中国采参人,并称其为打野鸡,而称射击白衣白裤的朝鲜人为打白天鹅。

"这是什么,卢文?"我顺着类似电线杆在恶劣天气时发出呼呼声的方向说。

"打仗!"卢文回答得很干脆。

我们用燧石点着火，然后，我爬到棚梁上，从一堆废物中找到了打仗的原因：原来是一只非常大的天鹅被困在那儿了，它不停地扑棱着翅膀，所以才像电线杆一样发出呼呼声。我把这个发现告诉了中国人卢文，但他却完全不相信，仍固执地说："只要出现这种呼呼声，就说明要打仗了。"

迷信早在很久以前就诞生了，也许是曾一度活跃于人们心中的信仰的残留物。对我来说，迷信虽然会对人的形象有所贬低，却和另一些人因为血液中的小市民陋习而被我贬低得差不多：一个人可以迷信和习惯于某种发蜡或写字纸的规格，但他仍然可以是一个有生气、有文化的人。

但是这一次，卢文的迷信却深深地刺痛了我的心。我想："关于是否会打仗，报纸上的报道，以及新来的人带来的消息，对我们这些生活在荒野之地的人来说，不是比我们根据自然界的某些征兆所作的臆断准确得多吗？晚上，天鹅的翅膀在篝火旁发出的窸窣声，对我们认识这个世界的奥秘，不是比迷信的想象多得多吗？"

在较为深入地思考我特别憎恶迷信的原因时，我感觉到，在千百万人中流传已久的关于生命之根的神话，已经引起了我极大的兴趣。如果要我亲自去证实这个神话，我觉得有点恐惧——尽管我在证实其他神话时从未感觉到恐惧。

这种恐惧心理，现在与迷信亲密接触后，竟然变成了激愤。

周围还是一片漆黑，我们便离开了小房子，沿着峡谷走向海边。这里的夏天几乎每天都会有浓雾，所以即便是天亮了，我们也看不见任何东西。我们能看见的唯一光亮，就是我们眼皮子底下正在到处乱飞的萤火虫。这时候，我骨子里的迷信思想突然冒了出来：我盯着流萤，心里想的却是无数在战场上牺牲的人。我想的是，他们死于痛苦，最后却不知道去了哪里。

"这些流萤就是他们吗？"我发疯似的问自己。我一边想着他们中的一些人，一边却意识到了我心中的苦楚——由于同情他们而形成的苦楚。最后，他们永远地离开了，变成了流萤，却将苦楚留在了我心里。而现在我的一些无意识的行为，可能就是因为受到了我在战争中失去战友时留下的苦楚的影响。

不过，卢文真的是个心地善良的人，他看到萤火虫时似乎并不是偶有感悟，而是一下子就和我心意相通。他理解了我所有的苦楚，把自己对于美好生活的憧憬和人参顽强的生命力联系起来，以帮助病人为己任。

流萤不知道为什么会突然消失，但我们能看见它们飞走后留下的均匀的光亮，地上的各种东西借着这光亮露出了自己的样子，不像晴天的黎明那样，先看见天空，很久以后才能看到被照亮的地面上的东西。

我们走在紧挨着海边的山上，晨雾中的峭壁就像是一个黑黑的身影。我仔细一看，清楚地看到花鹿化身为女人的全过程。我回过头看卢文，发现他似乎也想到了什么秘密。但是我们彼此心照不宣，互不过问，只是静静地走着。

在黎明时的微寒中，我明显感觉到了战栗，因为我的身体和外界万物共同体味着微寒的滋味。我觉得整个大自然此刻似乎脱去了衣服，正在洗脸。我看得出来卢文的想法和我一样：他一把拉住我，比划着洗脸的样子，然后伸展双手，意思是"到处都是"，并且说："好，真好，太好了！"

后来我才明白过来，他指的是天气。太平洋的沿海地区虽然总是浓雾密布，但是浓雾很快就会突然消失，所以空气中尽管含有很多水汽，也会变得通体莹澈。在高高的海岸上、小道上、浓密的灌木丛中，我们一起看美丽的日落。灌木丛中不时会飞出好看的、脖子上带着白圈的蒙古野鸡，它们在飞行中会不时回过头看看我们，用它们的语言说："咽－咽－咽……"

没过多久，我就知道了这些灌木丛为什么会如此矮、如此浓密。岩石被大海和台风冲击了千百年，历经千辛万苦，才孕育出了生命。花草从石缝中钻了出来，接着小柞树也出来了。 这就是大海孕育新生命的过程，但起初，花木可是经历了不少苦难呢！

在海附近的地方，小柞树甚至不敢"抬头做人"，只能匍匐着向前长大，细细的树干向海边延伸，看起来和油光水滑的头发非常像。离海越近，小柞树就长得越高——尽管它们长不高，因为超过一人高的部分会干枯死去，但是下面却仍然是一片生机勃勃、杂草丛生的景象。野鸡为了保护自己的孩子不被各种猛禽伤害，藏在这个地方倒是挺合适的。

当我们离开海边，走进原始森林深处时，并没有很快和大海分开：我们一会儿下坡，一会儿上坡，太阳时而消失，时而出现，仿佛新的一天已经到来；还有，那一条被几个海湾隔断的海岸跌宕起伏，一些小海峡旁边也山体陡峭，就像建立了一个个挡太阳的屏障，所以每当新的一天到来，我们都能见到从没见过的景物。

在能够看到远处海洋的最后一块岩石上，长着一棵神采奕奕的松树，它和日本的雨伞及地中海的笠松很像。站在那块岩石上，隔着笠松，我们用肉眼就能看到大海中冒出的很多海兽的脑袋。

在我们和大海完全分离后，我们来到了原始森林里的一个深山谷，在那最幽暗的地方竟然还能看见蚂蚁搬着东西过小路的情景。这小路上已经是光秃秃的了，什么植物也没有，最初是马鹿、普通鹿、斑羚和山羊走出来的，后来才为人所用。我们沿着小路拐进了深深的峡谷，那里有一支不知名的山泉，在乱石堆中不见了踪影，只有那潺潺的流水声说明它依然在流淌。

这个地方到处是石头，隐约可见小路穿过了小溪，看来这条路不太可靠，我们只好舍弃它。我们经过了很多水潭，经常要从一块石头上跳到另一块石头上。卢文时不时地提醒我看树上的记号，并要我记住：可能是黄伯栗树皮上的刀痕，可能是带刺的楤木上一根折弯的树枝，可能是塞在杨树树穴中的一小块苔藓。

这些记号不是为某一个过路人、猎人或任何以原始森林为生的人做的，而是专门给采参人做的，意在告诉他们自己在这条路上一无所获，不用再白费力气了。但是这条路也指向我的生命之根，所以卢文把记号传授给了我，这样，我这个并无落叶归根经验的人，才能在没有他指点的情况下独自找到它。

"如果台风把树洞里的苔藓吹走了，或者刻着记号的黄伯栗被雨水冲走了，或者山体滑坡，碎石子堵住了我们的去路，那我们应该怎么办呢？"我问。

"脑子里一定要有诚意。"卢文回答道。

我觉得他说的是机敏的意思，于是指着峡谷的陡坡、树木和草地，想告诉他一切都倒塌了，就算再机敏，也毫无意义了。

"脑子用完了，一切都完了！"我说。

"根本不用头脑，"卢文答道，"头脑完了，头脑其实在这儿。"

他指着自己的心，我明白了：在寻找生命之根的途中，一定要有诚意，任何时候都不能回过头去看被翻得乱七八糟和踩坏的地方。只要有诚意，脚下的路就不会因为任何原因被破坏。

峡谷的坡面逐渐下降，接着我们来到了一片洼地附近。洼地不大，里面有个小沼泽，一条小河从那里流了出来。与峭壁形成对峙的峡谷很深，它就是因为这条小河形成的。苍劲美丽的雪松稀稀落落的，从通往宽阔谷地上的山口一直延伸到很远的地方。树下的灌木丛很矮，透过那些树干之间的空隙，能看得很远。

在那儿，在日光的反射下，斑驳的光点影影绰绰的，还能看见鸟翅的掠影，可以想象，这个歇谷里的生活是多么丰富多彩啊：不计其数的各种小鸟儿在绿意盎然中放声欢唱；有很多至少已经三百岁的杨树，其中一些密不透光、树身弯曲、疙瘩遍布，甚至还有树洞，冬天时经常会有狗熊进去冬眠；还有粗壮的椴树，高大的兴山榆和黄伯栗。

歇谷里虽然有参天大树，但是稀稀落落的，因此灌木丛才能享受到充足的阳光。风景是如此美丽，我的心中顿时产生一种寻找人参所必需的虔诚心理。

我们接着往前走，没多久就从歇谷的西北方走了出去。呈现在我们眼前的是古河床的土阶，它慢慢地变低，延伸到另一个山谷附近。那里的植物种类很多：黑杨粗壮的树干之间夹杂着黑桦、云杉、冷杉、千金榆、小叶槭树，它们都被北五味子和葡萄的藤蔓紧紧地缠绕着。

继续前行就能走出这片密林，出现在面前的一条未知的小河，河岸上的植物变成了阔叶的核桃树，中间还有少数几棵雪松；稀稀拉拉的大树下是密密麻麻的鼠李、接骨木、稠李和野苹果树，而在它们的树荫下，喜阴的植物长得很茂盛，生命之根——人参——一般就长在这样的地方。

我和卢文坐在这儿休息，很久没有说话。在这么长时间的沉默中，在寂静中，我们周围发生了什么呢？不计其数的见所未见的螽斯、蟋蟀和其他乐师一直在不停歇地演奏着，却显得如此寂静。假如你找到了内心的平衡，浮想联翩，就会对它们的演奏声充耳不闻。也许，这些乐师正是利用自己的音乐，引导你也凭自己的才能加入到演奏的队伍中，忽视它们，从而实现一种真正的、不平常的、生机盎然的、极富创造性的寂静。

在附近的某个地方，一条小溪正在汩汩地流着，好像也在沉默不语。但是，一旦它无意间回想起某件往事，思路就会突然被打断。或许它想对某个亲爱的人诉说衷肠却不能如愿，因此心急如焚，甚至不由自主地呻吟起来，于是可能正在乱石之间奔流的它就会出其不意地发出"说吧，说吧，说吧"的声音。那时候，无数看不见的乐师们也会和小溪一样，突然奏出"说吧，说吧，说吧"的音乐。

卢文告诉我一种专门守护人参的鸟。如果我猜得不错，卢文说的应该就是生活在这个地区的一种杜鹃。这种杜鹃的个子不大，是黑色的，好像是为守护人参而生的，只有亲眼目睹人参，并且及时在这短暂的时间里把随身带着的棍子插进人参旁边的土里的人，才能看到它的真面目。采参人经常会遇到这样的情形：前一刻发现了宝贝，后一刻就发现消失不见了，人参已经变成了另一种生物。

但是，只要你在第一时间把棍子插进土里，就能牢牢抓住它。现在，我们完全用不着担心，因为那棵人参早在二十年前就被人发现了，只不过因为当时太小，它才得以继续留在土里二十年。然而不幸的是，马鹿经过那个地方时不小心踩到了它的头，所以它变蔫了。直到不久前，它才重新开始生长，大概需要十五年就能长大。

"你还是跑跑吧，"卢文说，"过一会儿你就知道了。"

我们沉默了片刻。在这短暂的时间里，我尽可能地想象着十五年后我的样子，脑子里浮现出的是我们以后见面时的情景。我们分别了整整十五年，好不容易重逢、辨认出来彼此，却只能傻傻地站在那儿，一脸惘然，相顾无言。

哦，天啊，这实在是太痛苦了！但是，每当听到有人说"哦"，小溪里就会冒出这样的喊声："说吧，说吧，说吧！"

紧接着，歌谷里所有的乐师和生物全都加入了演奏的队伍之中，开始放声高歌。就连那看起来生机勃勃的宁静，也突然开口说话了："说吧，说吧，说吧！"

"十五年后，"卢文说，"你很年轻，你的太太也一定很年轻。"

说完，我们一起沿着一棵斜长在小河上的野苹果树来到了对岸。卢文跪在杂草中，双手合十，就那么静静地跪着。我被触动了，也不由自主地跪在他身边，仿佛跪在一种创造力之源旁边。我的头脑非常清醒，它附和着我的心跳的节奏跳动着，与此同时，我的心又附和着宁静的音乐的节奏跳动着。但是没过多久，我们见面的时间如约而至：卢文分开杂草，我发现了惊人的一幕……一棵矮小的细枝上长着稀稀拉拉几片叶子，样子很像是伸着五个手指头的人的手掌。

对这种娇嫩的植物来说，无论是蹄子粗壮的马鹿还是小小的蚂蚁，如果有需要，都可能会在一瞬间为它画上句号。瞧瞧，在这十五年里，这棵植物和我本人的生命受到了多少意外事故的威胁啊！

告别时，卢文让我看雪松树干上的刀痕。这棵雪松离人参大概有半米远，另一边的黄伯栗树离人参也差不多半米远，还有一边是一棵做了记号的柞树，最后一边则是一棵洋槐。

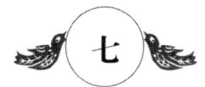

七

有一次,我抱着侥幸心理走进了原始森林,想看自己能否打到鹿,得到鹿茸。最好是公鹿,要在它们的角——鹿茸——长得足够长,并且充满血、还没来得及骨化的时候就打。有的鹿茸可以卖到一千多日元,如果运气好打到一只鹿,可真是一笔很大的收入。母鹿经常会带着小鹿在山坡上玩耍,但很少有人看见公鹿,它们老是藏在北坡的灌木丛里,时刻保持高度的警惕,大概是担心自己的鹿茸碰到什么可疑的东西吧,因为鹿茸对触碰非常敏感。

这次,我去的那座雾山几乎是光秃秃的,山顶上一片漆黑,常年被迷雾笼罩着。这座山的三面都是海,很像熄灭了的火山,更准确地说,应该是刚刚熄灭不久的火山,因为我经常在海岸上看见浮石。不用怀疑,在海水的强烈冲刷下,这座山的山脚下形成了一道道很深的水沟和峡谷。对猎人来说,这些山沟里必定藏着野兽或者古代残留的植物,无论哪一种都有很大的价值。

所有的山沟几乎都聚到了一个地方,这让整座山成了这些具有各种野兽和植物的山沟的中心地带。现在,我正在海岸上走向西南方,和雾山上三个最美丽的山沟——蓝沟、禁沟和雪豹沟——的走向正好一致。每一个山沟的深处都有一条奔流不息的小溪，整个山沟都是小溪冲刷后的产物；在离小溪很近的沟坡上，在除了南风以外任何风都不会光临的地方，还有古代植物中的"幸存者"，而山沟边缘的苍劲美丽的悲松正在快乐地与台风嬉戏。

我从海岸上沿着蓝沟左边爬到了雾山顶上，像老虎和雪豹一样轻轻地走着，目的就是可以俯瞰山两边所有的景物。我在蓝沟和禁沟里都见过鹿，但都是母鹿和小鹿，而且数量也不多，偶尔看到的一头一岁的小公鹿，犄角还是细细的。

突然，我听到了叫唤、呻吟和打响鼻的声音，那是从后来被我称为雪豹沟的深处传来的。我迅速而小心地踩着乱石跑到那边，尽量不让脚下的石头滚动，然后一口气跑到灌木丛里，藏在某个地方观察。很快，我发现灌木丛后面有一只黄毛兽。它也看到了我，不耐烦地小跑着爬上了山，一会儿消失在矮小的柞树丛中，一会儿又出现在我眼前。

我希望它完全暴露在乱石滩上，没想到它却发挥了自己猫属野兽的本领，到那儿后就趴倒在石头之间，只把两只眼睛露在外面。这样的距离，我很难瞄准它，更不用说击中了。于是我去了山沟的对面，想看看黄毛兽到底遇到了什么猎物。为了防止迷路，我把一棵外形奇特的伞形松当成了路标，恰好这棵树下面有一块几乎悬空的巨石，似乎只要稍微触碰一下，它马上就会飞快地滚下去，把碰到的所有东西都撞倒一样。我想，这块岩石后面必定正在进行一场血腥的厮杀。

我用双手抓住幼小的伞形松，小心地爬到了那儿。眼前的一幕和我猜测的一模一样：巨石后面有一只悠闲地伸展着四条腿的鹿，它的鹿茸非常美丽，所幸还完好无损。卢文曾多次在我面前提及，鹿茸的价值并不是完全由分量决定的，还取决于它的形状，最重要的是左右两边要百分之百对称。

现在看来，这并不是迷信的说法，也不是人们过于挑剔：无论哪一边，只要有一点损伤，长出来的嫩角就会不一样。因此，既然鹿茸的药力是由鹿的健康状况决定的，那么鹿是否健康，完全可以从鹿茸的形状上略见一斑。

我尽可能地折下了伞形松的树枝，为鹿挡住了从树梢的缝隙里射进来的阳光，然后接着去追豹。雪豹藏身的那块石头很像一只巨鹰。我在山岭上绕了一大圈，终于找到之先看准的那块石头，于是小心谨慎地前去侦察，一刻也不含糊地瞄准了那只野兽。遗憾的是，石头底下没有藏任何东西，当然也没有雪豹。

山岭上曾经是火山口的地方高耸着，我在那儿走了一圈，但仍然一无所获。无奈，我坐着一块很光滑的、仿佛被打磨过的油页岩的岩石边休息。当我对着阳光仔细地观察石板的时候，发现石板上的灰土上依稀呈现出了漂亮野兽的爪子印。我一只眼睛睁着一只眼睛闭着，盯着石板上的各个方向看了很多遍，不用说，这块石板上的脚印是雪豹留下的。

虽然我知道雪豹常常在山岭上走动，但现在发现这个脚印对我来说毫无意义：我不知道它跑到哪儿去了，到底是藏在岩石的缝隙里还是在其他地方？总之是不见踪迹。没办法，我只好把注意力放在雾山脚下那美丽的岬角上，细细地观赏那里的乱石和苍劲有力、摇曳多姿的松树——它们和南面山沟边的松树截然不同。

站在山岭上，我清楚地看到一只母鹿正在那狭长的岬角上吃草，因为那里有它爱吃的矮矮的青草，而且它身边的灌木丛里还有一个黄色的圆形物体，我猜想那是小鹿。此时，惊涛拍岸，白色的浪花仿佛喷泉一般，拼命想溅到高耸入云的深绿色的伞形松上。就在那里，一只鹰正在岬角的上空盘旋，它发现小鹿后猛地扎了下来。

听见巨鹰降落的声音后，母鹿立即奋起反击，用后腿支撑着自己的身体以保护小鹿，举起前腿用力地去打鹰，鹰冷不丁遭到抵抗，变得很生气，却不小心被尖尖的小蹄子打了个正着。鹰像一只斗败的公鸡一样回到了空中，好半天才恢复元气，之后落到了一棵伞形松上，它的窝大概就在那里。

马上就是中午了，气温开始升高。每当这时，鹿总是要从没有栏杆的草场里转移到它们经常玩耍的地方，藏在峡谷里没有浓荫遮挡的树林中，一直待到晚上才离开。瞧，岬角上的唯一一只母鹿带着它的孩子，正从鹰窝角径直走向我们的小房子所在的峡谷。我几乎可以断定它就是那只花鹿，顿时觉得感慨万千，宛若下面大海中滔滔白浪上光和影的交错！

但是，我的思绪被一个突然产生的想法打断了，这个想法决定了以后我在这个地方全部的行动。当时我心里想的是："除了鹰窝角一百来米宽的狭窄地带外，鹿没有别的路可走，如果在那狭窄地带围上栅栏，鹿就只能从陡壁上跳进海里，然后再游上岸。但是这也算不上是出路：水中有黑魆魆的锐利的石头若隐若现，一旦掉到这些暗礁上，任何生物都会立刻粉身碎骨。"这个想法出现后，便超出了我的控制范围，在不知不觉中暗暗滋长，充满了我的整个身体和心灵。

休息片刻后，我决定把山岭上所有高耸的地方再仔细巡视一遍，不放过任何一点棕黄色的东西：说不定，这时候那野兽会闹出什么动静来……我看见很多母鹿带着孩子离开草场后回到自己所住的峡谷，或者干脆在牧场旁边的一处柞树丛中暂时住下来。

花鹿身上遍布日影似的斑点，能起到保护它的作用。我曾多次看到，就算是在枝叶稀疏的树荫里，它们也不会被人发现。它们在树荫下歇息，时而嚼嚼葡萄叶，时而用后腿赶走那咬得它们不得安宁的壁虱。我到处找不到雪豹，最后只好走到那块石板前，一屁股坐了下来。百无聊赖之际，我蓦然发现雪豹的脚印旁边又有了新的脚印，而且比之前的脚印更清晰。

除此之外，在太阳光下，我竟然在新脚印下发现了两根像针一样细的毛。我捡起一根仔细看，断定这是雪豹爪子上的毛。在我巡视山岭时，太阳照射石板的角度也在不断发生变化，假如是我当时遗漏了这个爪印，那么我应该能看见爪毛。这就可以推断出，爪毛出现在我第二次巡视的过程中。也就是说，雪豹其实一直悄悄地尾随着我。曾有人告诉我，雪豹和老虎喜欢绕到跟踪它们的人的身后，这种说法现在终于得到了证实。

现在，我们不用再浪费宝贵的时间了。为了防止鹰发现被我遮盖的鹿，我赶紧去找卢文，他正好在家。当他得知我发现了一只长鹿茸的鹿时，喜不自禁。我们走捷径，沿着陡峭的山沟跑上去，直奔目的地。到了山上后，我和卢文仔细地检查每一块石头，把山岭上所有高耸的地方走了个遍，然后在正对着那块石块的地方停了下来。为了盖住自己的脚印，我拄着一根长棍子跳了两次，最终藏在了灌木丛里的背风处。

卢文继续在山岭上走来走去，我则俯身靠在岩石上，用胳膊肘和枪口支撑着自己的身体，开始静静地等待。不一会儿，在我的前面，在蓝天下，一只黑黝黝的正在移动的野兽的侧影出现在了我的视野中，那就是雪豹。它根本不知道，此刻我正藏在岩石后面，通过步枪的准星盯着它。就算卢文回头看，也不会有任何发现。

雪豹爬到了石板上，挺起身子，想观察卢文的一举一动，而此时的我已经准备得当了。根据我的推测，雪豹只看见了卢文，并没有发现我的存在，因此显得有些慌乱，仿佛在说："那个人在哪儿呢？"环顾四周也没发现，无奈的它充满疑虑地看了看我藏身的灌木丛。就在这时，我瞄准它的鼻子，屏气凝神，开枪了。几乎在一瞬间，它倒在了石板上，低垂的头倒在两爪之间，尾巴微弱地摇摆了几下。它好像没有死，而只是藏在隐蔽处，伺机做关键性的一跳。

我们得到的这张地毯实在是太好了,但是卢文之所以高兴,并不是因为这张毛皮很贵重:按照他迷信的推理,豹的心、肝脏,甚至胡子,都具有重要的医学作用。但当他看见死鹿的鹿茸时,顿时将这些贵重的东西忘得一干二净。

"好多药啊!"他一边高兴地叫唤,一边连同鹿额骨一起把鹿茸砍了下来。

他为什么不从鹿茸的角座砍,而要和额骨一起砍呢?我问他原因时,他是这样说的:

"这样一来,我得到的药就会增加三倍。"

原来如此,要是连同额骨一起把鹿茸割下来,它的价钱就会多两三倍。从角座割下来的鹿茸只能算是普通的鹿茸,除了入药外别无它用,而带有额骨的鹿茸就大不相同,不仅可以被当作一件馈赠的佳品,还能保佑家庭和睦,最富有的中国人往往把这样的贵重物品保存在玻璃罩里。随着时间的流逝,这个鹿茸最终会变成空架子,但即便成为了徒有其表的废物,它仍然能发挥自己的余热——使年老者重燃性欲。

"这个鹿茸走吧走吧,"卢文说,"能做好多药。"

和贵重的人参一样,"走吧"鹿茸将从一个人的手中转移到另一个人手中,在无数个"上人"之间传递着,价格越来越高,最终被一个最富有、最狡猾的"骗子"当作礼物献给权势最大的官老爷。他谨慎地把它塞进官老爷左手的宽袖筒里,作为交换,官老爷会用自己的右手帮他一个忙。

"难道官老爷也是骗子?"我问。

"官老爷当然也想走啊走啊。"卢文回答道。

我们背着鹿肉,手提着梅花皮、鹿茸、心、肝脏、胡子和豹毯走下了雾山。当我们走到鹰窝对面时,我无意间瞥了一眼,看见了这样的一幕……我一直在不知不觉中思考一个问题,此刻终于得到了百年难得一见的景象的启示,于是内心的迷雾逐渐散去，我也变得信心十足心花怒放起来。

我看见的，正是卢文在此居住三十年间曾无数次看见的情形——那只花鹿穿过狭窄地带，走进了鹰窝草场。

我让卢文看那只母鹿，并告诉了他一个能够简单地得到很多药的计划，他欣喜若狂地说："好，太好了，大尉！"

这件事成了我心头一个永久的谜。直到现在，我仍然不知道为什么恰好从我把这个小发现告诉卢文后开始，他就经常称呼我为大尉。

不知道卢文究竟用了什么方法，竟然捉到了一只美丽的野鸡，并拿给我看。

"吃掉算了，"我说。因为我听说，蒙古野鸡的肉非常鲜美。

卢文回答道："我知道你想吃，但我不会砍头，大尉。"

于是，我用刀剁下了野鸡头。他说："好的，大尉。"

说完，他就开始拔毛。我们在汤里放了米饭，然后开始大快朵颐。

不消说，剁野鸡头只是一件小得不能再小的事，但在思索自己如何突然变成卢文的大尉时，我不由得把这件事也纳入了考虑的范围之内。在他看来，大尉不仅能有一些重要的发现，还能干净利落地剁脑袋。由此可见，初来原始森林的卢文，和找人参时深沉、安静的他完全是两个样子。

以前，卢文曾和一些中国猎人一起捕捉各种鹿和山羊，用的就是中国一种非常恐怖的骗兽术：把树木放倒在地上，让其根部彼此紧紧地挨在一起，并故意在中间留出动物通过的缺口，其实在缺口下面是他们事先挖好的陷阱，而且已经用树枝遮好，一旦动物掉进去，就会摔断腿。

卢文经常和他的小猎狗一起在冰冻的雪地上追鹿。他的狗非常凶，拼命咬住鹿的肋部后会跟着鹿一起跑，直到鹿的腿被雪地里的冰凌刮伤，再也跑不动为止。中国人最常用的方法就是：让这种机智敏捷的猎狗把鹿从结冰的雪地上赶到海里，然后划船去抓它们，用绳子把它们捆得紧紧的。他们会好好地喂养这得来不易的战利品，等到它们的鹿茸长得足够大时再杀死它们，吃鹿肉。不过，为了给富人提供"走啊"鹿茸，卢文和其他中国猎人一起捕猎稀有、珍贵、濒临灭绝的野兽的时代，如今看来简直无法想象。

生活在原始森林里的卢文，最初的工作是捕兽，那时的他已经具备了较强的分析野兽足迹的经验，能按照足迹猜出野兽的行进路线，甚至能从野兽的心理出发去思考问题。但是，我并不完全认同循迹猎人的所谓经验，当然也就不会像有些人那样崇拜和敬仰他们。不管怎么说，我是一名化学家，即使是原始森林里所有的循迹猎人全部加起来，毫不谦虚地说，我在循迹方面也比他们强一千倍。

如果我能对一切事物的性质作出精准的化学分析，并查明它的构成、精确度，达到小数点后的第四位数，那么，蒙昧无知的循迹猎人的这点雕虫小技，对我来说又算得了什么呢！再说，我完全能像研究化学一样，将自己探究真相的精神投入任何领域，在相当短的时间内就能超越那些只在一件事上积累经验的循迹猎人。

但是，让我惊讶的并不是卢文的探究精神，而是他极度关切大自然所有生物的态度；让我惊讶的并不是他具有分析原始森林中生活的能力，而是他能让世间所有的事物都复活。我猜测，他的生活发生了某种巨大的转变，所以他才放弃了残酷的捕兽业，不再伤害任何野兽，而开始四处寻找生命之根。

人类内心的某种感受永远不能讲，也不能问：它们本身其实并不能真正地说明什么问题。一个人用自己的行动表达了自己的内心感受，而他的朋友从他的言行中，就可以知道他的真实意图。我早就听过，卢文要养活哥哥一家人，所以我常常会有这样的猜想：分家时，卢文满腹委屈，成了哥哥的死对头，所以只好到原始森林中谋生。

也许，在最初的十年里，从事捕兽业的卢文只是为了向父亲证明自己并不是无用之人，证明自己能用双手创造比哥哥更好的生活。但当他骄傲、信心满满、满怀对哥哥的鄙视回到中国，向那个曾经鄙视自己的人证明自己的实力时，却发现已经没有这个机会了——鄙视他的人，以及他想鄙视的人都已经永远地离开了这个世界。他们在一场恐怖的瘟疫中病死了，幸存下来的只有卢文的嫂子和一堆侄子、侄女。大概就是从那时开始，他就像变了一个人一样。过去，他活着的唯一目的就是证明自己，但突然之间却失去了让他产生这种想法的人。

我从中国人口中听到过很多这样的事情。假如是卢文亲口讲出来，还不如是他在小房子旁边亲手栽种的两棵参天杨树讲出来更能说明问题。每当看到这两棵高高的杨树，卢文总是喜笑颜开地对藏在绿茵中等待他的所有生物喃喃自语，说的当然是中国话。他喜欢黑色的老鸦，而不是这里的灰色老鸦。

第一次看到这种老鸦时，我还以为是白嘴鸦。仔细一看，才猛然想起来白嘴鸦的嘴应该是白色的，而它是黑的。毫无疑问，这是老鸦。更让我意外的是，那只大老鸦发出的声音，竟然和我们常见的那种灰老鸦叫的一样。它十分聪明，每次卢文要去原始森林时，它都会从一棵树上飞到另一棵树上，依依不舍地给卢文送行。

树上还有其他的鸟儿，比如蓝色的喜鹊、反舌鸟、翠鸟、鹈鸟、黄鹂和杜鹃。鹌鹑也经常跑来凑热闹，在灌木丛里大声叫唤着。它们叫的内容和我们经常听到的不一样，似乎不是"喝一把草藓"，而更像是"老－乡－啊"。这里所有鸟儿的样子好像都和我们那里的差不多，一眼就能分辨出来，但又总有些地方似像非像。

椋鸟也通体漆黑，只有嘴是黄色的，它的羽毛上闪烁着五彩斑斓的光。准备唱歌时，它浑身的毛都会竖起来。而当你激动地期待听到它美妙的歌声时，钻进你耳朵的却是喑哑、刺耳的声音，仅此而已。杜鹃也挺奇怪的，叫的不是"咕－咕"，而是"克－克"。

早晨，卢文喜欢和它们聊聊天，喂点东西给它们吃。我很欣赏这样的友谊，以及这种极度关注所有生物的态度。而我最喜欢的，是卢文做这些事没有任何动机，而且不会硬把自己的意志强加给这些动物。他并不是做给别人看的，而是发自内心地想这样做，一切都是顺其自然。

有一次，他抓了一只野鸡，想吃掉，却不想砍野鸡的头，只好恳请我这个比较精通此道的人——大尉代劳。而当他知道大尉本人，也是一个对美丽的濒危动物心存保护之意的人时，他表现得异常高兴。

我的拯救计划开始实施了：我们把在峡谷里砍的葡萄、柠檬等的藤蔓做成绳子后放在火上熏，这样野兽在很远的地方就能闻到这种气味，觉察到人类的杀机，感到害怕。此外，我们还做了小雪橇，好把所有的藤蔓运送出去。

我在黎明之前就登上了雾山，等亲眼看到花鹿带着小鹿来到鹰窝角时，我开始生火，给它们报信，然后就离开了。还没等我走到半山腰，卢文就已经在狭窄地带选好了位置，母鹿眼看就要遭殃了：如果径直走向人，比向海里锐利的礁石跳下去好不到哪儿去。它被拦住了去路，鹰窝角便成了全世界最漂亮却怪石嶙峋的微型动物园。

在狭窄地带，我们用熏过的藤蔓绳子把周围拦了起来，一直忙活到了深夜。第二天一大早，我们悄悄地躲在岩石后面，当来自草场的鹿转移到峡谷中的树荫里时，我们看见花鹿慢腾腾地顺着岩石上的鹿道走向出口。

昨天，我们曾沿着那条小道去了一趟岬角，砍了一棵伞形松作标杆。然而，母鹿看到我们留下的脚印时突然停了下来，张大鼻孔，它似乎闻到了可疑的气味，因此俯下了身子。过了一会儿，它把头抬得高高的，闻到了空气中弥漫着的熏藤蔓的气味，它定神看着我们藏身的地方，确定一切安全后尖叫一声，扭头跑了。而就在它身后的柞树丛中，一只小鹿全神贯注地看着它尾巴上张开得宛如一面镜子的白毛，费力地跟在它屁股后面蹦跳。现在，我敢确定这只母鹿就是我亲爱的花鹿，证据就是它左耳上那个透亮的小洞。我们看着它远去的背影，确定它已经走出了埋伏圈后又重新开始围栅栏。

在卢文看来，我这个受过教育的欧洲人、被视为大尉的人，一定能迅速地做出准确的判断，想出新办法，发现新事物：他是个老采参人，不仅对原始森林和野兽了如指掌，对野兽也有深刻的了解。由于他热切关注的精神，他能把原始森林里所有的事物都和野兽联系在一起。我们这两个看似南辕北辙的人，如今却成了志同道合的盟友。

我自认为是一个真正有修养的人，看他比我年长，所以我非常敬重他。也许是他看出了我这个欧洲人很高尚，因此很惊喜，对我很热情、很友好，就像很多中国人只要断定欧洲人不会勉强或欺骗自己，就会改变态度一样。当时，我并不知道我们正在做的这件事会将我们的生活带到什么地方，并且这件事和航空术、无线电一样，也是前所未有的新事业。

人类驯服动物这件事原本只发生在人类文明之初，等到成功地把一些动物驯服成家畜后，却不知道出于什么原因放弃了，转而选择在和家畜和平共处的同时仍然去打野生动物。凭借我们长时间积累的丰富的知识和经验，我们又开始了这项曾经中止的事业。但由于我们和以前的人已经完全不同，所以现在，野人在人类文明之初开创的事业也理应以一种全新的方式继续下去。

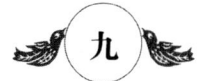

现在,我们已经能清晰地感受到来自西伯利亚的寒气了,南部沿海的亚热带也开始打扮成了西伯利亚的样子;原本在山里闪闪发光的昆虫,也早就不见了踪影;野鸡已经长得壮壮的,从藏身的地方现身后,就钻进了被台风梳理得整整齐齐的柞树丛和其他树丛里。

在寒冷的凌晨,葡萄叶子变得越来越红,桦树叶变成了金色,而其中最大的变化是,人们的常客——浓雾——消散了。就像明媚的春天里和煦的阳光一样,这里是秋阳朗照——这秋阳实在是太美丽了!简直和意大利的阳光一模一样。阳光普照,西伯利亚的秋天突然间变得五彩斑斓。和我们平常气候下春天里的花朵相比,这里的秋色显得更鲜艳、更美丽。

这里的九月还只是初寒,一天凌晨,一只马鹿的叫声从原始森林里的一个小房子里传了出来。另一个月夜,我和卢文先是听到了从小房子里传来的叫声,接着就是角碰角的声音。还有一次,一只马鹿不知道在哪里叫唤,而在另一个地方,一只类似马鹿的动物正在回答它。

卢文听出了这两种吼声的小小区别。我曾听别人说，老虎的叫声有时和马鹿一样，人有时也可以用桦树皮做成的哨子迷惑处于发情期的野兽。最后，卢文断定第二种叫声是老虎或者人模仿出来的。我们竖着耳朵仔细听，想分辨出到底是老虎的叫声还是人的叫声。没过多久，第一种声音慢慢地走近了第二种声音的来源处，接下来周围的一切都陷入了沉寂。

马鹿轻轻地向前走，除了小干树枝偶尔发出轻微的咔嚓声外，一切都是安安静静的。老虎趴在林中空地的边上，准确伺机纵身一跳。人扣动了扳机，学着像野兽一样故意咔嚓一声折断一根小树枝。原始森林里陷入了死一般的沉寂，这些树木仿佛也想解开这个恐怖的未解之谜：第二种叫声的主人到底是老虎还是人呢？突然，一声清楚的枪声划破了森林里的寂静。现在，答案是什么似乎不那么重要，但有一点可以肯定，为这件事画上句号的是人。

冬眠前的原始森林，美丽的花朵开满了枝头，在朗朗的秋光的照耀下变得五光十色的树木以及野兽痛苦、凄厉的叫声，这一切构成了鹿的最爱。有一次，我在灌木丛里偶然看见了两副交缠在一起的颅骨。这两只长着八角形交叉角的马鹿力大无穷，死于争夺一只母鹿的争斗中。令人遗憾的是，鹬蚌相争，渔翁得利，另一只狡猾的马鹿半路杀了出来，成了最后的赢家。

清晨的温度越来越低，黎明时，山上的芦苇镶上了漂亮的花边，等到太阳出来后，露水终于现身，开始闪闪发光。过不了多久，严寒就会在朝阳面前肆无忌惮了，在阳光下，它的结晶体甚至比水珠更明亮。马鹿处于发情期时，意味着花鹿也将度过难熬的时期。

在原始森林里，当夕阳西下时，我经常看到这样的一幕：公鹿耐心地、轻柔地在树干上磨蹭它那已经变得硬邦邦的角上的茸毛。马鹿叫唤时，公鹿也做好了战斗的准备，等到葡萄成熟、变甜时，花鹿也要开始叫唤了。

为了让我们的花鹿繁殖场"人丁兴旺"，我们还需要一些公鹿，因此我和卢文一直在为即将到来的鹿的发情期做准备。我们想尽量和花鹿培养感情，好在它们发情时放它们出去，趁公鹿为争夺它们而互相残杀时，吹响用桦树皮做成的口哨，好用这种熟悉的声音把它们叫回来，顺便带回那些被情欲冲昏了头脑的公鹿。

但遗憾的是，鹰窝草场上营养又美味的鹿草长势良好，花鹿已经在那里吃饱了，所以不管我们用它们最爱吃的树木上的嫩枝，还是玉米粒和大豆，它们连看都不看一眼。在已经彻底变黄的山芦苇的花序之间，有一种我们看不见的小草，它长得矮矮的、点缀在枯草之中，花鹿就是用这种不起眼的小草来消磨时光的：时而低下头去，漫不经心地啃那青色的小草；时而纹丝不动地站在树荫下给小鹿喂奶；时而躺在地上，聚精会神地为自己和小鹿捉虱子。

终于有一次，我发现它闻出我的脚印后，不是像以前那样撒腿就跑，而是在强烈的好奇心的驱使下，跟着脚印走了几步，想知道我到底有没有藏在哪儿；而当它看到我时，也不是像其他鹿那样逃之夭夭，只是转身带着自己的孩子慢慢地走了。

还有一次，它闻到了我的脚印，听到我在吹桦树皮鹿哨，就停下来听了很长时间。它竭尽全力想弄清楚我到底在干什么，但不用说，它当然什么也没听懂，最后只能失望地跺一下脚，尖叫着慢慢地走远了。虽然它不知道我在干什么，但它可能认为，不管怎么样，按照老规矩做事就不会出错。

我坚持每天给它吹鹿哨，但我得到的是：它听到哨声后会停止吃草，会循声走近我，直到看见我，然后静静地长时间地站在那儿听。听我吹鹿哨的时候，它始终一动不动地站在那儿，百无聊赖的小鹿则会吃它的奶。第一个夏天，我的收获非常有限，没能把它训练得听到鹿哨声就立刻来到我身边。

虽然这时还不是很冷，但树叶已经全部干枯，连颜色也变了。小叶槭树仿佛在燃烧一般，整棵树都变成了淡红色，满洲核桃树与众不同的巨叶也变成了黄色。我想知道，我第一次在祖苏河岸边看见花鹿用后腿支撑着身体，采撷被阳光照成绿油油的葡萄叶子的地方，如今变成了什么样子。

夏天，如果把那里比作一个绿意盎然的小山村，那么一棵棵爬满葡萄藤的树木就是房子。而现在，葡萄叶子变色了，那一座座绿房子也随之变成了红色的。还记得，我曾在一个绿色帐篷里度过了一个具有决定意义的时刻，那里此时看起来分外红，分外黄。

过去，我一直认为葡萄藤足以把一棵参天大树活活缠死，但现在我才意识到自己错了：即使完全被葡萄树荫覆盖，从树枝的缝隙中透过来的阳光也足够树林活下去。瞧，葡萄的红叶下露出了满洲核桃树金黄色的叶子，在红黄交错的叶丛间，随处可见一串串经历过风霜的已经彻底成熟的乌黑的黑龙江葡萄。

一天晚上，卢文把我叫醒，要我和他一起出去走走。他让我看北斗星，只见北斗星恰好将自己的斗角倚靠在黑呼呼的山上，看起来就像是从山脊后一把将斗把上的最后一颗星拉了出来。星光开始灿烂起来！天上布满了点点繁星！这里的空气非常干燥，上下莹澈，寒威渐重，北斗星下的山上传来了一种非常特别的声音，打破了黑夜的寂静。

这声音一开始又尖又细，和花鹿平常的叫声一样，接着就像汽笛似的，声调迅速下降，由尖细变得浑厚，直到几乎听不见。而此时，一种一模一样的声音正在峡谷对面应和；在稍微远点儿的地方，也就是雾山上，也有这样的叫声；在更远的地方，尽管声音很小，但仍然能听见一样的回声；如果再远点儿，就只能算是回声的回声了。

我们盼望已久的时刻终于来临了。花鹿进入了发情期。

直到第二天，叫声终于停止了。天亮后，我们看见一只公鹿站在山坡上的林中空地旁边，它的脊梁上有一条醒目的黑色横纹。它和我在前面讲过的那只黑脊梁长得很像，曾和其他鹿一起看我在小溪里洗澡。此时，这只公鹿比我上次看见它时显得机警多了。它高昂着头，轻轻地踱来踱去，时刻警惕地盯着周围的一切，似乎正在心神不宁地期待着什么。

后来，它可能听出灌木丛中有可疑的动静，于是一溜烟跑了过去。只见一只母鹿从里面跳了出来，以风驰电掣般的速度跑了，公鹿紧跟着追向了山脊的方向。就在这时，朝阳从山脊后面冒了出来，所有像霜打了的茄子一样的山芦苇都开始闪烁起来，整座山顿时开始熠熠生辉。

等我和卢文气喘吁吁地跑到山顶上时，母鹿已经藏在一群正在吃食的鹿中间了，就像一个机灵的姑娘在和小伙伴玩游戏时，突然藏到同伴中间，这样就很难被人捉住了。但是，正是因为这一只母鹿的加入，其他鹿也将不再离群了。

黑脊梁慢悠悠地走着。它前一天晚上在某个泥泞处洗了澡，大概只是为了解救被性欲折磨得痛苦不堪的自己。它的肚子痉挛似地收缩着，什么东西都不吃。很明显，性欲给它唯一的感受就是痛苦和煎熬，没有一丝一毫的快乐可言。为了发泄，它只能不停地叫唤，片刻不得安宁。任何一只母鹿走出鹿群几步，它都会立刻飞奔过去，把它赶回来。

突然，所有的鹿都不约而同地把头转向另一边，小山后面隐隐约约露出一对鹿角。黑脊梁开始警惕起来，但是那鹿角实在是太不起眼了：那是一只身高中等、外表极其普通的公鹿，此刻正沿着的母鹿的脚印往前走。黑脊梁根本对它不屑一顾，甚至懒得去追它，只是厌烦地皱着鼻子，鼻孔里发出噗噗的声音，那公鹿就害怕地站在山坡上，不敢贸然上前一步。

鹿可以从风中和地面上闻到脚印。瞧，那边的山上就有一些公鹿在沿着同一条小路，一边嗅母鹿的脚印的气味，一边向前走，就像是在鞠躬致敬。最后一座小山完全挡住了它们，使它们一度消失在人们的视线中，但突然，它们的角又清晰地从山后露了角。这些胆小鬼，只要听到黑脊梁的响鼻声，就会被吓得原地站着，一动也不敢动。

当然，其中也有几只勇敢的鹿。黑脊梁接受了它们的挑衅，皱着鼻子，歪吐着灰色的舌头，飞奔着去追赶它们。几只鹿被赶走之后又偷偷地往前走，一直等到母鹿群的主人意识到，这些家伙老老实实地站在鹿群旁边，乖乖地闻芳香的空气，并不会给他带来一点儿损失。

幼鹿脑袋上没有角，充其量只能算是一个小疙瘩。它们无事可做，于是模仿成年鹿对着伙伴们尖叫，打响鼻，长时间地额头顶着额头，用尽力气推动对方。渐渐地，鹿与鹿之间形成了淳朴的持久的关系：母鹿们友好地在一起吃东西，把那只正值发情期、即将成熟的母鹿藏在自己身边；幼鹿像绵羊一样互相额头顶着额头，脑袋上的疙瘩相互交错，十分有趣；公鹿们则充当着母鹿群的帮手，不敢违抗其强壮的主人的意志，只能本本分分地站在山腰上。

突然，鹿群里所有的鹿都觉察到了不寻常的动静，纷纷向一座小山看过去，只见小山后面的公鹿全都循着发情的母鹿的脚印过来了。很快，我们看见一对鹿角从小山顶的后面露了出来——这是一对多么好的鹿角啊！它缓缓地露出了自己的真面目，引起了鹿群的不安，它们似乎正在揣测：那鹿角到底什么时候才能完全露出来啊？

等到鹿角的主人——一只长着天下无敌额头的大脑袋公鹿出现后，它们立刻明白：站在眼前的就是力大无比的原始森林之王。我也很快知道，这只强壮的公鹿就是那只灰眼睛，我第一次在咔嚓峡谷看到它时曾给予它非常高的赞赏。那时我就觉得它比其他的鹿，包括黑脊梁更厉害，而现在，它的脖子突起得更明显了，冬天的灰毛也像胡子一样无精打采地挂在了脖子下面，充血的敏感的鹿茸则和位于眼睛之上的能致人于死地的鹿角叉子一样，变成了令人恐惧的武器。

灰眼睛和黑脊梁一样，浑身上下都是泥巴，肚子上脏兮兮的，到处都是性欲的排泄物，痉挛般地收缩着。它似乎已经失去了常态，孤注一掷地决心对付一切，而目的只是保住自己在新一代中继续像鹿一样生活的权利——这也是它唯一的权利。

在与鹿群的对峙中，灰眼睛略微迟疑了一下，一切都明了了，所有的鹿都是如此：在以往的战斗中，这些公鹿的实力已经得到了充分的展示。站在鹿群和灰眼睛之间的公鹿，不约而同地迅速退到了旁边。黑脊梁和灰眼睛似乎有一笔老账要算，说不定还签订了某个协议：黑脊梁不能出现在灰眼睛面前，如果狭路相逢，就没有退路可言，只能背水一战。

鹿角当然是一种恐怖的武器，却并不是最致命的武器，因为很多时候，一只鹿即使没有角，也能把有角的鹿的肋骨折断。但是，灰眼睛的鹿角拥有巨大的潜力。相比而言，黑脊梁似乎更加狡猾，它凶狠的眼神里隐隐约约暗示着它正在酝酿一个巨大的阴谋，想给那个四肢发达的家伙设个圈套或陷阱："我无所谓，但你也没有什么好果子吃。"

灰眼睛不想浪费宝贵的时间，低着头，飞快地跑过来，拼命地用鹿角撞击黑脊梁的鹿角，它们的额头猛烈地相撞。黑脊梁摇晃了一下，但仍然坚持稳稳地站着。原来，站稳脚跟才是最重要的：一旦不小心跪在了地上，就会给对方腾出鹿角的时间，到时它就会把锐利的鹿角叉子狠狠地插进你的肋部和心脏，到那时一切就都完了。

鹿角对鹿角，额头对额头，完全可以这样一直僵持下去，只要能坚持得住，不倒下去就可以了。这场战争似乎是一场持久战，会耗尽对方的力气，但是没想到黑脊梁在攻击对方的时候，脚下正好有一个树墩，所以前脚能站在这个树墩上。一个突如其来的猛击，便让不可一世的原始森林之王跪倒下去了。

遗憾的是，黑脊梁没有把握住这千载难逢的有利时机。灰眼睛知道自己已经度过危险期后，瞬间就恢复了以往的雄风，用尽全身的力气发起了攻击，不仅让黑脊梁的前腿跪在了地上，甚至还左右晃动了一下，差点儿就倒了下去。

眼看灰眼睛马上就要腾出鹿角，准备猛烈地击打正要倒下去的黑脊梁的肋部，好让它彻底站不起来。这一切似乎已成定局，但不知道为什么，灰眼睛突然和即将倒下的对手一起倒在了地上。它们都在地上挣扎、哀嚎，像快要死去般颤抖着。

这件事简直让人难以理解，但好在卢文有过这样的经历，他第一个明白过来这是怎么回事，因此看起来非常激动，赶紧跑过去拿绳子——这表明两只鹿的角缠在一起了，应该在它们伤害自己或者对方之前把它们全都捆起来。

我没费一点工夫就得到了想要的东西，不由得为之惊叹。然而，这一切都要取决于幸福的机遇。世间的事情往往就是这样，不幸总是跟在幸福之后……我们的事业迈出了成功的第一步。我们捉到了两只很好的鹿，手里有了正处于发情期的鹿王灰眼睛和它的死对头黑脊梁。此外，陷阱里还有四只比较年轻的公鹿和两只小鹿。

晚上,人们体味了夫妻间的温存,或者正好相反,相互责怪、妒忌,因为某件事而忧虑,或者被生病的孩子不停的啼哭声而折磨得苦不堪言,但不管怎么样,一到早上,人们便像死了一般睡着了。我们的生活就是在痛苦和欢乐的交替中度过的,当然也包括我在内,但全天下所有的家庭都是以这种幸福为基础的,无一例外。

当黎明前的一刻带着幸福到来时,我这个即将和大自然融为一体的人便开始从事那些看似微不足道的共同事业了;正是因为这些共同的事业,幸福的人们睁开眼睛迎接第一缕阳光时,总是会喜不自胜地说:"感谢上帝,今天的早晨实在是太美好了!"

我始终比卢文早起几十分钟。我依偎在身旁的硬东西上,怀着某种莫名的期望,静静地陷入沉思,直到意识到这一点:在自然界,永远不可能有像两把椅子一样长得几乎一模一样的日子,每一天都是绝无仅有的,出现一次后就会和人们永别。

黎明到来之前，随着一个全新的、从未出现过的日子逐渐变得明朗，我也一门心思地琢磨着一些事。在我内心的一切达成一致的同时，新的一天也正在形成中，这就意味着我该出去干活了。但有时候的早上是一片雾蒙蒙的，看不见任何东西，人的思绪便也随之变得茫然，漫无边际了。今天也是如此，我举着斧头，像机器人一样挥动着——和昨天一模一样。

这里的春天和夏天整天都被浓雾笼罩着。从秋天一直到冬天结束，与地面一片昏蒙蒙的景象不同的是，这个童话乐园般的地方的上空，却是美妙绝伦、不同凡响的。在这片美丽的蓝空下，在像意大利那温暖阳光的照射下，黎明时分的大地原本是一派霜林尽染、百花争艳的生机勃勃的景象，却不幸被来自西伯利亚的寒风摧残得面目全非。

太阳从海平线上升了起来，洒下不计其数的金光。大海一望无际，在蔚蓝的海面上，有着陡峭的悬崖，上面生长着形状各异的松树。它们是最勇敢的战士，虽然狂风不断袭来，但它们总是屹立不倒。阳光越来越强烈，在无尽的蓝海上铺成了一条金光大道。陆地上的景色也变得神奇起来。无论是大的花还是小的花，哪怕是奄奄一息的残花，也变得耀眼起来。

那里曾是一片葡萄的海洋，我曾在绿油油的叶子下面见过花鹿，但如今它们已然变成了一棵棵光秃秃的树，只剩一些粗大的葡萄藤缠绕在上面。原本在葡萄丛中有一个小窗口，如今那里挂着一个藤环，一片葡萄叶在里面随风飘动，恬静自然。在秋日晴朗的阳光照耀下，那片叶子呈现出鲜血一般的红艳。荒凉的原野上一片枯黄，点点鲜红点缀其中，那是杜鹃最后残存的叶子。那些小叶子是那么鲜红，仿佛是死在原野上的鹿的鲜血变化而成的。

阳光照在大地上，原野上的一切都是明晃晃的，鹿的藏身之所暴露无遗。一丛丛柞树在原野上随处生长，上面还长着卷成管状的小灰叶子。你可别小看这些叶子，花鹿不会在雪下面找草吃，整个冬天都要靠这些叶子维持生计。如果有一天白雪覆盖了椴树和柞树,那么花鹿要靠什么过冬呢?想到这里,我心中开始不安起来,再也无法悠闲地靠在树边了。我和同伴集合在一起,继续砍伐树枝……

卢文给住在原始森林里的人捎了个信,几个中国工人很快就出现在了我们的小房子里。在附近,我们修建了一个养鹿场,花鹿们在里面悠闲地生活着。每当忙碌的一天结束,夜幕降临时,我便在灯下设计鹿茸切割机。它需要很多零部件,可是我却没有铁、钉子、铁丝,挂钩、合页,螺丝也不齐全,我只能想尽办法找其他东西代替它们。

有时候,我也会去看中国人打牌,他们让我吃惊不已:如果有人拿到了好牌,可以赢到全部赌注,那么他不必摊开自己的牌,只是把所有的牌收拢,便拿走了所有赌注。这看起来真不错。别人也不会检查他的牌,因为不会有作弊的行为发生。作弊的代价是惨重的,我们抓到作弊者只是揪住他的耳朵把他痛打一顿,而他们则是直接杀死作弊者。在死亡的威胁面前,没人敢作弊。

这看起来似乎又不太好……总有一些问题是无法解决的。有些问题看起来无法解决,是因为既没有书本作指导,也没有智者可以咨询。事实上,如我所想,如果一味地询问他人,这些问题即便能暂时压制,却始终无法得到根本的解决。

只有行动才能解决实际问题。无论做什么事情,我都要进行思考和计算,想要得到答案。与此不同的是,那些中国人则是依靠信用和记忆解决问题。仅仅凭借我为修建养鹿场和制造鹿茸切割机所画的平面设计图,就能让他们尊称我为"大尉"……需要解决的问题很多,可是答案却无处可寻。他们为何会给予我"大尉"这个称号呢?我很想知道答案。是因为我是祖国的一部分吗?因为祖国早就在设计、行动上超过了本地居民。还是仅仅因为我这个白种人在他们的眼中拥有资本(俄语"大尉"和"资本"的发音,只是尾音有所区别),

能够成就一番大事?

我思来想去,可是始终没有得到答案,这令我苦恼不已。我长吁短叹,以致影响了自己的设计工作:鹿茸切割机迟迟没有进展。每当这个时候,老卢文总会恰到好处地出现,给予我帮助。他的帮助并非直接替我工作,而是一种精神上的帮助。他会笑呵呵地点醒我,我的生命之根依然完好,只是被一只鹿的蹄子踩中了,所以暂时停止了生长。几年后,它的花朵一定会重新绽放。

老卢文的话往往会让我陷入沉思。恍惚中,生命之根变成了一个神奇的东西,融入了我的血脉,成为了我的力量。于是,所有的痛苦都被快乐所代替。我实在是太高兴了,甚至想做点什么,让别人一同感受我的喜悦。匆忙间,我甚至对卢文说出了"我的和你的"这种可怕的词句。我希望他明白,为了能让那些中国人保存自己的一切,能成为大尉,他们必须学会计算和记录。卢文是善良的,他连鸟兽都能理解,理解我自然不在话下。

"你算吧,"他指着纸说,"你明白我的意思吗?"

"明白,当然明白。"

"就算不明白,我们也会帮助你的,这样就行了。好多好多药!你就算了吧,放心吧,我们帮你!"

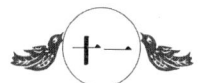

母鹿的发情期渐渐过去了,就连最后一只受精的母鹿也回到了云雾缭绕的峡谷,为即将到来的冬天做准备。而公鹿,曾经唱着情歌追逐母鹿,并为情所困而不思饱暖,甚至为了争夺母鹿而相互愤恨以至于筋疲力尽,如今却好像什么都没发生过一般,成群结队在偃松林中寻找美食,放松身心。我们把养鹿场里的俘虏也从单个的栏圈里放了出来。这些鹿不久之前还互相仇视,如今却相安无事地一起在院中觅食。食槽是用巨大的空心木做成的,可以同时供几只鹿使用。

看吧,最强壮的那只是鹿王灰眼睛;眼睛有黑斑的不合群的那只是黑脊梁;旁边那只英俊的鹿是花花公子,它三岁了,身材挺拔,长着一双鹿中罕见的深棕色大眼睛;那只虽然矮小却很强壮的是米贡,它是善良的,因为如果你看着它的眼睛,它就会眨眼睛;那两只浑身长满斑点的鹿是摇摆鹿和直角鹿,它们身上的白斑排列得整整齐齐的,说明它们也许是亲兄弟;而那只年轻的小胖鹿名叫米纱,至于这个名字的由来,没有一个人知道。

我们用活树做木桩，围起了一个形状不规则的小院子，让鹿可以在里面玩耍。院子里也有一些树，天热了鹿可以在下面乘凉。必要的时候，我们会在树上钉一些杆子，把院子拦成三角形，三个角指向鹿的窝棚。只要招呼几声，鹿就会回到自己的窝棚。鹿茸切割机摆在鹿回去的必经之路上：这是一个大箱子，底部可以打开，鹿掉进去之后，肚子就会被托起来，四脚悬空，动弹不得。这样一来，切割鹿茸或给鹿称重都会变得简单得多。

我和中国人一起修建养鹿场，制造鹿茸切割机，日子就这样在吵吵闹闹中一天天过去了，不成想却把驯鹿的事情耽搁了。小米纱和妈妈走进了一片幽深的山中，在松林中过起了隐居生活。那里原本有一个鹰窝，我们担心老鹰会把鹿吓得四散逃跑，就把鹰窝拆掉了。

山上的养鹿场修好后，生活又回归了平静，我把食槽、大豆和一些柞树枝搬到了山里。第二天，大豆和树叶就都被吃光了，看来花鹿最近都没吃过饱饭。我在食槽中加了一些大豆，并朝养鹿场挪近了一些，然后吹响了桦树皮鹿哨。

哨声响起没多久，花鹿就出现在离我不远的地方。不管我吹多久，它都会一直静静地倾听。有一次，它甚至走到了食槽边，一边吃东西一边听我吹哨。从那以后，它就经常来吃东西，有时候甚至会忽略站在旁边的我。我渐渐挪动食槽，几乎挪到了养鹿场的旁边，甚至把食槽放在养鹿场的门口，可惜花鹿始终不肯走进院子一步。

如果仔细数一数的话，我用在它身上的时间并不多。当花鹿知道住在院子里会过上什么日子后，便主动放弃自由，来院子里吃大豆，心甘情愿地当起了"俘虏"。在我们完全没有意识到的时候，冬天悄悄降临了。

一天晚上，我看到了光和影上演的一场盛大的魔术。那些峭壁似乎变成了几只鹿的影子，三只成年鹿带着三只小鹿游玩，几个小脑袋在昏黄的夜空中胡乱伸着。忽然，一只鹿的影子稍稍动了起来，并且传来了一声清晰可辨的鹿鸣！

原来那是真的鹿。山坡上、山沟里，到处都是鹿，在雾中朦朦胧胧地与山融为了一体。

卢文也看到了那些鹿，于是立刻把我们召集起来，动手修补我们的小房子。根据他的经验，如果头天晚上鹿在山上出现，那么第二天的天气肯定很糟糕。我也有一种不祥的预感，似乎有什么事情将要发生。最近的日子太平淡了，每天都很冷，没有云雾，也没有变化。这让我感到害怕，因为空气中似乎没有生气，只剩孤零零的太阳挂在荒野的上空。

这种环境是多么让人不安啊！我觉得，树木们似乎在白天受到了太阳的欺骗，以为春天来了，于是让树液活动了起来。然而到了晚上，它们却被严寒冻住了，于是裂开了一条条口子。那些粗大的树木，在峭壁的庇护下安心生长了几十年甚至几百年，却被突然崩塌的峭壁掩埋了。狂风、洪水等自然灾害来临时总是肆无忌惮。在整个自然界中，人是最有理性的，却想从鹿的身上探寻未知的明天，这简直是太不可思议了！

第二天黎明，我怀着惴惴的心情走了出去，想要看看昨天鹿的预报为我们带来了什么。当天空变得明亮时，我却像掉进了鹿茸切割机，天旋地转，找不到脚下的支撑点，东西南北，春夏秋冬，全部都混乱了。天气变得很温暖，天空中出现了在夏天才能看到的淡云。没过多久，乌云从天边压了过来，一场暴雨痛快地下了起来。闪电不时划过天空，雷声轰隆，一直持续到傍晚。

傍晚时分，天气突然冷了起来，桶里的水都变成了冰。狂风刮起来了，其中还夹杂着一些小雪花。

山呢？它们怎么样了？我们躲在山谷的小房子里，静静地围坐在火堆旁，听着狂风嘶吼，岩石轰鸣。一声巨响从海边传来，我们都猜测是那里的一处危崖垮塌了。片刻之后，一切陷入了沉寂，仿佛狂风是一只大鸟，已经呼啸着飞走了。突然，大海发出了一声怒吼，将沉睡在水底的石头纷纷抛上了岸，然后又将它们带了回去。

石头叮叮咚咚地表达着自己的不满,大海却丝毫不予理会。大海在岸边抛石头玩儿,大约有十个来回的工夫,狂风呼啸着回来了,它那尖锐的叫声将所有的声音都掩盖了。过了一阵儿,狂风终于走了,我们耳边又响起了大海抛石头的声音,两种声音就这样相互交替……

幸好有两座山替我们挡住了狂风,要不然我们的小房子早就被吹跑了。不止我们,花鹿、雪豹,甚至老虎也难逃此劫。不过野兽们都预感到了危险,早在前一天就到背风的地方躲了起来。

我曾经几次在打猎的时候看到过鹿的藏身之处,那里有许多脚印,一眼就能看出来。对于破坏力强劲的狂风,我们早有准备,养鹿场可以保护鹿免受狂风侵袭。然而想到那只带着米纱的花鹿,我开始担心起来,因为风实在太大了,整个山中只有养鹿场能保护它们。

在山中站了一会儿,我的眼睛渐渐适应了白雪。然而意大利般的强烈阳光,照得我几乎睁不开眼。狂风虽然不那么大了,但依然肆虐,可我们必须动身去寻找小米纱和花鹿了。我们小心翼翼地前进,因为害怕遇到强风,所以我们选择从小山中穿过去,一路上留下了许多奇怪的脚印。

会不会有一只饿极了的老虎跳出来,把脚印留在雪地上?或者它宁可忍受饥饿,也不愿意让这么可怕的事发生——在雪地上看到自己孤零零的脚印。当然,只有山凹里才有积雪,山顶上依然是光秃秃的:雪被风吹走了,一些黄色的山芦苇随风摇摆。在这些地方穿行并不是一件容易的事:我们只能像蝎虎那样爬行。狂风虽然在耳边呼啸,但并不能把我们吹走。

爬上最后一个高地,我们终于来到了花鹿的藏身之所——一个废弃的鹰窝。现场的情形让我们惊喜不已。小米纱和花鹿回来了,正悠闲地站在养鹿场门口,似乎在等着别人为它们开门。我把门打开,把它们熟悉的装满大豆的食槽拿了出来，放到院子中央。我在门上拴了一根绳子，只要一拉绳子，门就能关上。

之后，我和卢文一起走到了一个空的鹿栏，打开活动小窗，让里面变得明亮一些。我吹起桦树皮鹿哨，花鹿听到熟悉的声音后，眼神变得温柔了，平时总是机警地竖在头上的耳朵也散漫地垂了下来。它抬起脑袋，扭动几下，向前走了一小步。我继续吹鹿哨，它又继续走了几步。就这样吹吹走走，我把花鹿引到了门口。

来到门边，花鹿像以前一样停住不动了。我也停止了吹哨，因为我要让它明白，大豆比鹿哨的诱惑更大，它站在那里看着大豆。我又吹响口哨，大功告成！花鹿终于被我们引进了院子，它迈进门，在食槽边吃大豆。

我连忙对着卢文使眼色，他小心翼翼地拉动绳子，将门关了起来，几乎没有发出声音。当然，花鹿注意到了这一点。它的两只耳朵机警地竖了起来。然而它并不关心关门，而是关心能不能继续吃大豆！最终它得到了肯定的答案，于是继续"埋头苦干"，用黑色的嘴唇享用美味的黄色大豆。

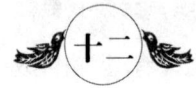

十二

  冬天的时候,我几次想要去看看人参长得怎么样了。简直不可想象,这种娇嫩的亚热带植物居然能在雪下面过冬。它们本来生活在温暖的南方,如今却生活在寒冷的北方,这种剧变,恐怕对人来说都是一种煎熬吧?我也很想看看白雪皑皑的山谷,感受一下叽叽喳喳的飞鸟走后的宁静。可惜,养鹿场冬天的工作太忙了,我一直没有空闲。我们既要为鹿喂食,又要为鹿清洁鹿栏。

  虽然工作繁重,但我并没有感到厌烦,我对花鹿的那种特殊的感情一直都在。在我眼中,它们似乎成为了特殊的花儿,而我——一个前途未卜的人,未来不可知的所遇所得,都同这些美丽的花儿息息相关。所有的鹿,以及眼前的一番新事业,也是我个人奋斗的一部分,不过我却并不渴求什么。对于收入,我和卢文的看法相同——那都是给素未谋面的陌生人的一种药。对我而言,奋斗本身就是最好的药。

  我曾在养鹿场一坐就是老半天,仔细观察鹿的耳朵如何转动,并且朝着它们耳朵转动的方向观望。有的时候,我也能有所发现:或是有老鹰飞过,或是有狼经过，或是花鹿眼睛下面长长的泪腺舒展开来，漂亮的大眼睛更加亮晶晶了。

如今，我和花鹿的关系十分亲密，我可以随意抚摸它们，就连我的猎狗莱巴也和它们混熟了。每当所有的鹿出来吃东西时，莱巴总是在场，而鹿却并不介意。不过，花鹿对莱巴还是有点防备的，因为米纱还小，母性的本能让它对莱巴有点担心。一旦找到机会，花鹿就会将莱巴赶远一些。幸好莱巴动作灵敏，从来没有被花鹿踢中过。

当然，也有那么一次，莱巴被跳蚤咬了——所有的狗都讨厌跳蚤。它立刻皱着鼻子，张牙舞爪地在肚子上寻找那只可恶的跳蚤。花鹿看到莱巴的举动后，跑到它身边伸出了前蹄……所有的鹿，米贡、摇摆鹿、花花公子等等，连鹿王灰眼睛都停止了进食，饶有兴趣地观看起来。尽管鹿的笑容不在面颊上，可我还是从它们的眼睛里捕捉到了一丝笑意。花鹿抬起前蹄，欢乐地轻轻踢了莱巴一下，它的眼神别提有多调皮了！

在冬天，呼啸的强风远比寒冷可怕。无论是山顶上还是坡面上，白雪都被呼啸的狂风吹走了。而山凹、山沟、山谷中，白雪则厚厚地堆积起来，这给了我很多帮助。靠着白雪上面的脚印，我识破了狼的一次袭击计划，用猎枪狠狠地回击了它们。也有一次，积雪告诉我，在我曾经打死豹子的地方，住着一只母豹和两只小豹子。还有一回，我根据树上的冰晶，猜到了附近有熊——果然有一只小熊住在那里。我也曾在雪地上发现过老虎的脚印。

每到数九寒冬、北风嘶吼的时候，鹿就从山北面迁移到了向阳面，在柞树丛中寻找食物。可是，花鹿并不像北方的鹿那样，能够刨开积雪寻找食物，也因此只有寒冷才会让它们害怕。这些鹿在残酷的气候面前显得手足无措，这片深深的积雪让它们无计可施。日子可真难熬，眼看再有个把星期春天就要来了，一只怀孕的母鹿却没能挺过去。要不是有了胎儿的缘故，它肯定可以迎来春天。

春天的雾在山中冉冉升起，山顶从冰雪的包围中解脱出来，穿上了美丽的苔藓外衣。一只年轻的小母鹿受到美味的诱惑,前去享用,却不小心踩在了悬崖边上的一大块积雪上,随着天气的转暖,原本摇摇欲坠的雪块再也承受不了鹿的力量,崩塌了。机灵的母鹿原本有机会跳回来的,可惜积雪上面有光滑冰层,使它无法发挥自己的弹跳能力。如今,只有几个蹄印还残留在结冰的山岩上,粉身碎骨的母鹿早已成了狐狸、獾等食肉动物的美食。

对鹿而言,冬夏之间的日子是艰难的,有许多鹿在这段时间丢了性命。一只母鹿靠两条后腿支撑自己站立起来,吃小柞树的树叶。也许是因为冰面太滑,也许是因为没站稳,它忽然摔了一下,脖子卡在了柞树的树杈上。我看到它的时候,它依然挂在那里。一只公鹿想要越过柞树丛,于是高高地跳起,身体飞过去了,一只后蹄子却卡在了茂密的树枝中。鹿的灾难非常多,而在我看来,最难过的要数担惊受怕……

春日时节,不时有霏霏细雨飘过,太阳反而不常见到。这是多么不幸啊!树木受到白天温暖天气的诱惑,准备蓬勃生长,然而晚上的寒冷却将它们冻得树皮都裂了。

山上的积雪渐渐消融,汇集成一股股欢快地流动的小溪,小草也在拼命地往外钻,可惜迷雾常常掩盖这一切。候鸟在迁徙,我只能靠声音猜想那种盛大的场景。有那么一两个星期,浓雾始终笼罩着山谷,我们只能看见偶尔出现的几只野鸡。突然有一天,天气好了起来,灿烂的阳光照耀着大地,一座座绿色的小山纷纷浮现,伴随着此起彼伏的野鸡叫声,原本沉寂的山野变得热闹起来。

老的鹿角开始退化,新的鹿角缓缓长出。强壮的公鹿换角早,新角长得早,发情期也来得早。冬天的时候,我和卢文聊天,他几次谈到一种不朽的鹿,说它永远不会换角。无论卢文讲什么,我都会特别重视,这事情虽然听来很神奇,可是卢文总是有自己的依据。

我总是一边听他讲故事,一边尽力去理解,在不朽的鹿这件事情上依然如此。

所有的鹿都完成了换角，母鹿也开始产犊。有一次，我在山上的草场里看到一只鹿，它孤零零地吃着草，头上长着有很多枝杈的骨化角，这难道就是卢文所说的不朽鹿吗？我一定要搞清楚这件事。虽然以前我决定不射杀花鹿，但这一次却硬着心肠开枪了。

角的秘密被揭开了。这只鹿很可能在发情期因为争斗失去了性器官，原本从下面输送到老角的鲜活生命力没有了，所以新角没有长好，而死去的骨化角却保留了原样，一直没有变化，所以很容易被看成是不朽的。这种不脱换的死角恐怕也最符合大家心目中不朽的形象吧！

我把这件事情告诉了卢文，并且把公鹿的骨化角以及尸体都给卢文看了，但卢文断然否定了我的说法，说那绝不是他所说的不朽的鹿，因为不朽的鹿是不会被子弹打死的。卢文一直坚守他的神奇的故事，不正像不换角的不朽的鹿一样吗？

我突然有所感悟，感到非常痛苦。因为一些微不足道的小事，甚至没发生什么事情，我就和卢文这个最好的人失去了共鸣，从此变得孤单一人。虽然我们依然有很多时间相处，可无论我怎么努力，总是觉得无法走进他的内心。每当我有喜悦想找他分享时，却无法和他交谈，那些事对我是重要的，可对他来说却是多余的。

与此同时，我们的鹿也像外面的鹿那样，一只接着一只地换上了新角。最先换角的是灰眼睛，接着是黑脊梁，然后是米贡、花花公子、摇摆鹿和直角鹿兄弟。换角后，米贡有一次来到我身边时发出了和平时不一样的声音，又尖又细，而且低下头，似乎是想用它那原本存在的角把我顶起来。我猜它是想让人挠挠它的角座，因为那儿一定很痒。被我一挠，它顿时觉得舒服多了。

还有一次，它从很远的地方跑到我身边，尖叫着，几乎把我撞得四脚朝天。我帮它挠了一会儿，它就离开了。但是第三次，由于我一再的纵容，它似乎变得骄纵了,像命令我一般:如果你愿意,就帮我挠;如果不愿意,就算了,我自己挠。我不喜欢被人命令的感觉,所以我违背了它的意愿。它主动靠向我,想在我身上使劲蹭自己的角,还拿脑门顶我,结果,我竟然一下子被撞到了栅栏旁边。

米贡见识了我如此不堪一击的一面之后,又向我冲了过来,当然,我可能会再一次被它撞倒,甚至爬不起来。但在它低下头准备发起攻击的一瞬间,我顿时清楚了自己的处境,于是立刻用左手紧紧地抓住它的右腿蹄子根,右手则狠狠地击打它的肋部,把它打倒了。

还没有完!我果断地从栅栏上拔出了一根杆子,用力地打了它一顿,这下它彻底老实了。它照样眨着眼睛,发出尖细的声音,把角座伸向我,让我帮它挠痒痒。不过,它似乎被我吓怕了,只要我轻轻地动一下手指头,它就会被吓得赶紧跑开。而其他的鹿暂时还是野性占主角,根本不让人走近。

做一杆秤着实费了我不少精力,但我最终还是做好了。然后,这杆秤被我和鹿茸切割机结合了起来。如果把鹿放进机箱,只要按一下杠杆,箱底就会变成秤。我把两只体重一样的鹿——摇摆鹿和直角鹿——当成小白鼠,开始进行实验。

像喂猪一样,只要摇摆鹿吃得下去,我就让它吃个够,直到它再也吃不下去为止。而在喂另一只和它体重一样的鹿时,我采取的方法则和对其他鹿的一样,完全是正常的。我之所以做这次实验,只是为了弄清楚一件事:鹿茸的重量是否与鹿本身的重量成正比,是不是鹿越重,鹿茸就越大,甚至能长成中国人也见所未见、闻所未闻的超大鹿茸。

随着鹿的体重的增加,我清楚地看到,得到我"特别对待"的那只鹿的鹿茸明显比其他鹿的大,而且充满了血,呈鲜亮的桃红色,鲜艳欲滴,就连下面的茸毛也是银光闪闪的。另外,我想培养一批珍贵的鹿茸,用卖得的钱购买大量的铁丝，再用铁丝网把雾山团团围住，好把山里的鹿和它们的死对头——豹、狼、獾隔开。

按照我的设想，我伟大的鹿茸事业大致包括四个版块：第一个版块就是我家的养鹿场，先把公鹿关在里面，割下鹿茸后就分派到第二个版块——鹰窝角，这相当于半个公园；第三个版块就是雾山公园，而最后一个版块就是与雾山相连的原始森林，源源不断的野鹿就来自那儿。

我还有一个梦想，即在卢文的引荐下，结识一批和他一样的中国人，并通过自己的努力使他们真心摆脱文明的诱惑，像欧洲的大尉一样自学成才，并将自己的事业坚持到底。

可能我还有很多其他的梦想，但这一切梦想都和我后来说的一样，只是先期的梦想而已。几乎每个人都知道，生活中总有一些事会超出我们的预期。不管你付出多么大的努力，不管你是多么聪明智慧，只要条件不成熟，期限还没到，你的伟大蓝图就只能是海市蜃楼，只能停留在空想的阶段。

我只有一个感觉：我知道的唯一一件事，便是我的生命之根——人参——此时此刻正在某个我不知道的地方茁壮成长，总有一天，我们一定会见面的。当然，前提是期限来到、时机成熟。

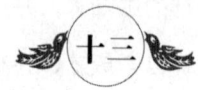

夏天是个炎热而潮湿的季节。每当夜幕降临，萤火虫就会飞出来，一闪一闪的煞是好看。天刚亮，体型巨大的蜘蛛就开始了辛勤的劳动，在灌木丛和青草上结网。如果你想进入原始森林，就必须带上一根木棍，否则蜘蛛网会把你缠得结结实实的。然而，只要太阳出来一会儿，你就会把对连续阴霾的不满抛到九霄云外。每一张蜘蛛网上都挂满了一颗颗的小水珠，在阳光的照耀下闪闪发光，晶莹剔透，仿佛一件件华美的纺织品。

有一次，我坐在石块上休息，观看周围美丽的景色，微风徐徐吹来，一只母鹿刚刚在附近生下幼鹿，它并没有发现我。和母鹿一样，幼鹿的身上也有很多斑点，能保护它们不被发现。幼鹿刚生下来不久，还不能站立，母鹿折腾了半天才让它够到自己的奶子，并且温柔地示意它吃奶。过了一会儿，幼鹿也许饿了，终于明白了母鹿的意思，吸吮起来。母鹿觉得幼鹿有力气了，于是站了起来，幼鹿也跟着站了起来，试着站着吃奶。然而幼鹿的腿不够结实，晃了晃又倒下了。母鹿也躺了下来，可是不肯给它喂奶。幼鹿明白了母亲的意思，主动爬过去吃奶。

突然间我很想咳嗽，虽然极力忍耐，但还是轻轻咳了一声。这没有逃过母鹿的耳朵，它转头看到了我，一转眼就跑掉了。幼鹿感受到了母亲的恐惧，但它还不会跑，于是紧贴在地上隐藏自己。如果我不是先前看到了它，现在肯定找不到它。我走过去把它抱了起来，它依然蜷着身子，好像身体无法伸直。

我小心翼翼地把它放了回去，虽然觉得放掉它很可惜，可是我们没有奶牛，无法给它喂奶。卢文从不喝牛奶，他说："喝牛奶不就成了奶牛的孩子了吗？"不过我也不是没有收获，这件事使我得到了一个重要的启发：将来我们养奶牛时，可以在母鹿生育期间带着莱巴到原始森林中寻找幼鹿，把它们抱回来抚养，也许这样就能把它们变成家畜。

无论是母鹿生育还是公鹿长鹿茸，它们都变得繁忙起来。母鹿要悉心照料幼鹿，公鹿则要小心地对待娇嫩的鹿茸。这些鹿茸只要稍稍一碰，就会变得血肉模糊。鹿王灰眼睛的鹿茸长得最快，一天早上，卢文盯着它的鹿茸看了很久，然后说："今天就是收获的日子！"

我们开始为这件重大的事情做准备，因为风险非常大。按照卢文的说法，灰眼睛的鹿茸至少值一千日元！然而此刻，我们却来不及关心鹿茸的价值，一个更大的麻烦摆在我们面前：如果切割的过程不顺利，受惊的鹿会毁掉自己的鹿茸，不顾一切冲破束缚它的枷锁。我们也没有人可以请教。卢文以前都是将鹿捆起来放倒，这个方法很野蛮，也很容易失败。

无论如何，切割鹿茸的工作都要进行。我们把灰眼睛留在鹿栏，把其他鹿都赶到了院子里。现在留给它的路只有一条，那就是走向鹿茸切割机。这条通道的另一头挂着活动挡板，卢文就站在后面，通过挡板上的小孔向外观察。我走到通道一端，像卢文一样隐藏在挡板后面，手里握着杠杆的手柄：只要鹿走进切割机，我一按杠杆，鹿就会掉进陷阱，被包着软垫的夹板夹住肚子，四脚悬空。

可是让鹿走进去并不容易。灰眼睛走出鹿栏，平时去院子的熟悉的路被挡住了，出现了另外一条不熟悉的路，它不想朝那边走，所以站在昏暗的过道中一动不动。我们该怎么办才好呢？卢文轻轻推动挡板，向前推着它走。灰眼睛有些犹豫——是继续走向陌生的通道呢？还是不顾一切地冲破挡板的阻碍，甚至把自己也毁掉呢？卢文慢慢地接近它，发出了灰眼睛熟悉的声音："米什卡，米什卡！"

卢文总是把所有的鹿都唤作米什卡。

灰眼睛终于下定了决心，小心翼翼地朝着陌生的通道走去。它走几步就会停下来，卢文会推着挡板往前走，它于是再往前走几步。几次反复之后，灰眼睛来到了陷阱的前面。我一下子紧张起来：灰眼睛千万别看穿我们的把戏。那样的话，它往地上一躺我们就没办法了。硬来是行不通的，它只要往前一跳，我们所有的努力就会白费。

周围变得异常安静，只有滑轮发出轻微的吱吱声。灰眼睛的前蹄刚踏上陷阱的活动翻板，卢文就把后面的挡板用力一推，把灰眼睛推进了鹿茸切割机，完全没有给它逃走的机会。为了保险起见，卢文打开挡板的小门，一屁股坐在鹿身上。我从挡板后面走了出来，把毫无反抗能力的鹿头拴在了先前设计好的把手上。

割鹿茸对鹿来说是一件极其痛苦的事，鹿的血会从你手底下四处乱喷，不过痛苦也就是一瞬间的事情。年轻的公鹿很害怕，翻着白眼惊声尖叫，年老的公鹿则高傲镇定，灰眼睛的表现更加令人赞叹。它虽然陷入了危险的境地，四条腿完全离地，没有地方可以依靠，肚子被夹住，上面还坐着一个人，几乎完全失去了反抗能力，而且另一个人正在切掉它生活的乐趣——鹿茸，这简直就是当着母亲的面谋杀它的孩子——即便是这样，灰眼睛也一声不吭，甚至连眼睛都没有眨一下。我看着鹿王的反应，心想自己一辈子都不会忘记：我亲眼所见并且从中顿悟，只要自己能保持尊严，那么尊严将一直与你同在。

切割鹿茸的工作终于完成了，我解开绑住的鹿头，卢文也从灰眼睛的背上跳了下来。我拉动杠杆，把夹着鹿的板子放开，灰眼睛掉在了坑底。鹿王感受到了土地，立刻飞奔到了它熟悉的院子里。过了没多久，失去角的灰眼睛的疼痛感就几乎消失了，同别的鹿一起在食槽里吃起大豆来。切割鹿茸这件艰苦的工作总算顺利完成了，我几乎不知该如何表达我的喜悦，情不自禁地抱住了我的卢文。而他，一个上了年纪的人居然激动得流下了喜悦的泪水。

正在我们相互庆祝的时候，完全没有意料到的灾难悄悄降临到了养鹿场。这里有很多金花鼠，事情就是由一只金花鼠引起的。那只样子很像松鼠的长着条纹的小畜生，一直都在我们的食槽底下偷吃大豆，我们也习惯了它的存在。这一天，金花鼠在吃大豆的时候，不小心被花鹿踩到了尾巴，这个牙齿尖尖的家伙自然不肯善罢甘休，立刻对着那只花鹿的腿咬了一口，花鹿感到疼，被吓到了。

在一个坐满观众的大剧院中，如果有人大喊一声："起火啦"人们就会四散逃走，有了生命危险，别的什么都不会管了。花鹿也是这样，它被咬后只感到害怕，并且这种恐惧的情绪也传递给了其他鹿。它们一个个都有七普特重的力量，加在一起足足有五十多普特，它们一起拔腿狂奔，瞬间就将篱笆摧毁冲了出去。被咬的花鹿使劲跑着，其他鹿也都跟着它跑，而那只金花鼠也在它们后面狂奔。

我的心情瞬间沮丧到了极点，一个人还能遭遇怎样的痛苦呢！我跑到山里，去寻找那些跑掉的鹿，可是受惊的野兽又如何能找到呢？我找遍了整片山林，去了所有我能去的地方，仍然毫无收获。到了傍晚，在苍茫的暮色中，我突然看到对面高高的山岩上面站着鹿，旁边的山岩上也是鹿，树林、峡谷里面全是鹿！我简直要疯掉了！整整一晚，无论好心的卢文如何安慰，我的内心都无法重归平静。

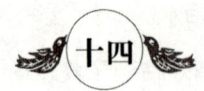

为了摆脱挫折带来的各种不良情绪的干扰，我曾想了很多办法，其中效果比较明显的，是在黎明时分，走出我的小房子，靠在比较硬的东西上全神贯注地思考：无论如何，我的生命之根依然在生长，也正是因为如此，所以成功需要时间，在这个过程中遇到挫折是不可避免的，无论多么困难我都要坚持，成功必然会在某一天如约而至。

在我看来，我通过每天这样思考，锻炼了内心的承受能力，所以我不会在挫折面前狼狈不堪。然而现实狠狠地教育了我一番。当理想在现实面前遭遇第一次挫折时，我的心理锻炼方法完全失去了作用，失魂落魄的我甚至连人参都忘得一干二净。

我坐在废弃的养鹿场上，时不时拿起鹿哨吹几声，莱巴无所事事地趴在我脚边。倘若我是个迷信的人，那么该如何解释这件事呢？虽然它是那么清楚明了，可我心中却始终不愿承认。也许情况是这样的，花鹿是一只女妖，它变成一个美丽的女人色诱我，当我爱上她后，她却突然消失了。我好不容易才从悲痛中恢复过来，花鹿却又跑回来了，打破了我刚刚平静下来的生活。不只是女妖，还有一只长着条纹的魔鬼金花鼠也跑了出来。

这样看起来,从很久很久的远古时代开始,人们就开始穿上迷信的外套,并且越裹越厚,形形色色的女妖和魔鬼就这样诞生了。只有孩子们才能保持最纯真的心灵……

随着时间的推移,我的生活逐渐归于平静。然而我却久久不能从悲伤之中自拔,时常胡思乱想。

今天,山的那边依然如往常一样平静,可是莱巴却有些不安分,时不时看看我的背后,又转过头看看我,似乎后面发生了什么微不足道的小事。也许很小,但毕竟有事情发生,莱巴在不断提示我,不过我却没有心情理会它,依然闷闷不乐地想自己的心事。

忽然,我的背后响起了沙沙声。我回头一看,天哪!竟然是花鹿和小米纱,它们正在地上寻找散落的豆子吃。我真是高兴极了!可那是什么?金花鼠!而且大的小的足足有五只之多。这些长着条纹的魔鬼也在忙着吃大豆。

这是多么神奇啊!多少次,在我忍不住想要借助遥远神秘的力量来解释自己所遭遇的不幸时,生活却及时地将自己作为最好的礼物送给了它仍然眷顾的我,让我如痴如醉,不能自已。那时刻、那场景,我终生不会忘记:太阳穿过雾霭的层层阻拦,露出了灿烂的笑脸,蜘蛛网上挂满了晶莹的小水珠,闪耀着钻石般的光芒,我的眼前出现了一片花海,这是多么美丽啊!红嫩娇艳的杜鹃花,纯白无瑕的百合花,细嫩乳白的火绒草,到处点缀着珍珠、钻石,大家一起创造了清晨的欢乐。这么多的财宝,也许只有在阿拉伯的天方夜谭中才能见到,但即便是最有想象力的阿拉伯人,也想象不出我是多么富有、多么幸福!

人的身上蕴藏着多么强大的力量啊,拥有多么伟大的创造力啊!太多太多不幸的人来到这个世界,又从这个世界消失,却始终没有明白自己的人参,没能在内心打开这力量、勇敢、快乐、幸福的源泉!

我曾有那么多鹿，它们都是多么可爱啊！想想灰眼睛在鹿角被割掉时候的表现，我还有什么理由不高兴呢？可是，直到现在我才发现，我以前拥有的所有快乐，都比不上花鹿的归来！有了花鹿，我就能靠它捕捉更多的鹿，然而我的高兴并不只是因为这个。鹿群的离开，让我明白了我所付出的心血，我对这份事业的珍重；花鹿的归来，让我可以继续投身我热爱的事业。我把这个喜讯告诉了卢文，他也高兴极了，立刻和我重新筑了养鹿场的篱笆。它比以前更高更结实，鹿再也跳不出去了，即便所有鹿一起推，篱笆也不会有任何问题。

现在我终于明白了。从事业的角度而言，花鹿在森林中听到了我的召唤，于是返回我身边，远比我拥有跑掉的公鹿更加意义重大。我每天都在做实验：清晨把花鹿和小米纱从养鹿场放出去，让它们到野外吃草，傍晚用鹿哨召唤它们回来，而且每次它们回来后，我都会特别奖励它们一些好吃的。一段时间之后，我的实验取得了成功：无论什么时候，只要我吹响鹿哨，它们就会立刻从野外跑回养鹿场。

日子一天天过去，鹿的发情期——秋季快要来了。有一次我正忙着工作，一个想法突然从我脑海中跳了出来：我也许该做点什么，让以前跑掉的鹿都回到养鹿场，甚至再多捉几只其他的鹿。

一天，鹰窝对面的小山上出现了几只母鹿，而长着巨大骨化角的摇摆鹿也在周围厮混。现在还是早秋，连最早发情的马鹿都还没展开求偶活动，不过和人一样，动物之中也有一些是不安分守己的，比如曾被我特殊喂养的摇摆鹿就是其中之一。从时间角度来讲，那些母鹿看起来都还很小，也许摇摆鹿一直在骚扰它们却没能得逞。

我偷偷地望着摇摆鹿，当它走到小山后面，消失不见的时候，我轻轻打开养鹿场的大门，在上面系好关门的绳子，然后把花鹿放了出去。花鹿看到那几只母鹿后很开心，跑到那里和它们一起吃草。摇摆鹿看到了它，主动跑到它身边，似乎在迎接它。毕竟，它们曾在养鹿场中一起生活过很长时间，对鹿而言，这段生活经历是不同寻常的，也许它们已经建立起一种友谊。

花鹿允许摇摆鹿嗅自己，却是有限度的，一旦超过限度，它就混进母鹿群。过了一会儿，它觉得摆脱了摇摆鹿，于是从鹿群中走了出来，但讨厌的摇摆鹿立刻又缠了上去，无奈的花鹿只好又跑到鹿群中。这真是上天赐给我的好机会！我躲在石头后面，拉紧绳子吹响了哨子。花鹿听到哨音，立刻朝着养鹿场跑来，摇摆鹿则紧跟不舍，毫无犹豫地冲过了养鹿场的大门。甚至随后大门关上了，它也没有回头看，我的出现也没有让它感到任何的不安。

鹿的发情期还要过一段时间才能到来，可我已经迫不及待了。葡萄叶渐渐变得微红，野外有些树已经红得像燃烧的火焰。在一个安静的夜里，一次不大不小的风吹过后，严寒在满天星星的注视下降临大地。和去年一样，在九月的夜里，相同的方向，相同的山上，第一只马鹿发出了爱情的鸣叫。

四周每天都在发生着肉眼可见的变化。两个星期后，葡萄成熟了。在发黄的草场上，红色的杜鹃花点缀其中，就像公鹿争斗后溅在地上的斑斓血迹。又是一个安静的夜，在北斗星的勺子柄所指向的山上，一只鹿发出了第一声鸣叫，随即另外一只鹿回应了它，远处也传来了回应，就好像一个个回声。

到了某一天，所有的母鹿都会在自己的足迹上留下特殊的气味，这气味足以令公鹿发狂。现在，公鹿已经发出了求偶的呼唤，我每天都小心翼翼的，生怕错过花鹿的那一天。

公鹿从风中闻到母鹿的气味，或是通过地面的蹄印闻到母鹿的气味后，便不再吃东西，而是一边走一边呼唤母鹿。公鹿之间常常因为母鹿发生争斗，甚至不惜赔上性命。可到了这一天，母鹿却只想着玩耍。它们会主动同没有经验的公鹿玩耍，当公鹿禁不住诱惑，扑向它们的时候，它们却飞快地跑掉了。也许，它们是想要公鹿明白，这种交配期的奔跑，是母鹿带给它们的最珍贵的东西。

摇摆鹿被我抓回了养鹿场，有了它，我能准确地知道花鹿的那一天。到那时，花鹿肯定会调皮地跑来跑去，但绝不会因为交配的需求而随便让肮脏的公鹿碰自己。

这一天终于来临了。那天夜里，我察觉到了花鹿的不同，于是用细绳子拴着它来到了雾山，沿着一条非常熟悉的小道慢慢走动。月亮爬上天空的一侧，到处都是鹿的鸣叫声，偶尔也传来咔咔的奇怪响声。虽然是夜晚，鹿却没有感到多少害怕，我多次看到了鹿角或者鹿尾巴上的白毛。听着公鹿的鸣叫，我判断出它们有的在附近，有的则离得较远。声音里还掺杂着许多其他的声音，有悲伤，有呻吟，还有叫喊，却仿佛都在诉说过往的痛苦。

我和花鹿走在一起，那些公鹿发出的可恶的发情叫声让我感到不快，我的心中甚至产生了一些敌意。然而在这些粗野的声音之中，却透露出一种天真纯洁，甚至温柔的恳求。我尝试从鹿的角度进行思考，花鹿之所以理会公鹿的鸣叫，肯定是因为公鹿恳求它的同情。正是出于这个考虑，花鹿才愿意和那些公鹿玩一会儿、跑一会儿。花鹿的身体微微发抖，边走边停，倾听公鹿的叫唤。它的足迹中不可避免地留下了它特殊的气味。

微风轻拂，山上的公鹿嗅到那种气味，立刻停止了叫声，循着那种气味寻找花鹿。然而它没有料到，在它渴求的踪迹旁边，居然有着最可怕的野兽的踪迹。它有些慌乱，站在那里一动不动，不知道该不该继续追寻。是的，鹿有一种特殊的嗅觉，而人早就丢掉了这种嗅觉。通过聆听如泣如诉的鹿鸣，我推断出鹿的这种嗅觉类似于我们对于花的嗅觉，最开始会产生某种美的形象，不久之后则会产生激情。这种无处释放的激情，对人来说产生了音乐，在它们身上则发出了呼唤……

雾山的微风将花鹿的气味吹得四处飘散，看来有许多只公鹿都闻到了。它们的鸣叫停止了，循着气味寻找而来，可是感觉到人的踪迹后，它们又害怕了，停住脚步，不安地停了下来。积攒了许久勇气之后，它们继续循着气味的指引，小心翼翼地向前走去。

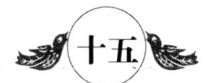

黎明时分,温度低得很。我带着花鹿来到养鹿场,安放好大门的机关后,在背风处的石头后面躲藏起来,向着远方鳞次栉比的小山包眺望,满心期待我希望的事情发生。虽然冷,但空气十分清新,雾山隐藏在大海之中,周围一片碧蓝。山上的山芦苇镶上了白霜做的花边,同远方的碧蓝相互映衬,随风轻摆,婀娜多姿。天色渐渐亮起来了,周围的景色更加赏心悦目。

然而此时仿佛有一股剧痛袭击了我的内心,要是再痛得厉害一点,我恐怕会忍不住像鹿一样鸣叫。周围的景色如此美丽,我却感受到难忍的痛苦,这是怎么回事呢?也许,我和鹿一样,满心期待着愉快的事情发生,愿望落空便觉得痛苦,所以也像鹿一样准备鸣叫?

太阳渐渐升起,到处都是金色的亮光。雾山上经常有鹿走过的小路上,三三两两出现了许多公鹿。开始的时候,它们就像一些小黑点,走着走着就慢慢变大了,消失在一个小山的背后。过了一会儿,它们从另一个小山前面出现了。一只公鹿从山背后爬上山顶,它的角也随着小山不断升高,远看上去仿佛是从地里长出来的。

在废弃的鹰窝对面的小山上，生长着一棵顽强的松树。它在同狂风的斗争中不断长大，身上长满了节子，可谓独一无二。这种节子是松树同台风搏斗的证明，也是松树胜利的标志，每个节子上都长着有深绿色长针叶的树枝。松树的树干弯弯曲曲，却丝毫不影响它的英姿。它的影子落在残留着点点红色杜鹃花的黄色草场上，一直延伸到长着浓密青草和柞树丛的洼地。

乍看上去，那块洼地很像小山沟，实际上，它的深度不断加深，最终通到了大海。一条小溪在洼地底部的乱石间穿梭，流过草地，时隐时现。一群母鹿和小鹿正在小溪边吃草，两只毛色黝黑的公鹿站在不远处，它们没有向母鹿展开追求，也没有吃草，就像两个修道士一样站在那里。一只体型庞大的公鹿从小山后面走出来，朝着那棵松树走去。它威风凛凛、神气十足，头上却没有角，只有两个不大的骨头疙瘩。它就是鹿王灰眼睛。显然，它也跟随我的足迹从山上下来了，现在正站在小山上，居高临下地俯视我们敞开的大门。

看到灰眼睛，我决定采用捉摇摆鹿的方法把它也捉回来。我悄悄开大了门，安好绳索，抚摸了一下花鹿把它放了出去。它高高兴兴地朝着洼地的鹿群走去，脚步不紧不慢、十分悠闲。灰眼睛看到了花鹿，它知道，一旦花鹿进了鹿群，想要再赶出去就要费一番力气了。灰眼睛立刻飞快地朝着花鹿跑去，拦住了它的去路。

曾经，灰眼睛是一只俊美的鹿。然而如今，灰眼睛浑身上下肮脏不堪，肚子上的筋肉高高突起，不停地收缩，脖子也因为不停地发出鸣叫而肿胀，眼睛因为充血而变得红红的，简直就像一个怪物。花鹿被它吓到了，朝着松树跑去，灰眼睛在后面紧追不舍，它们一起消失在了小山背后。

看到这一切，我吹响了鹿哨。显然，花鹿听到了我的呼唤，因为它已经出现在那群母鹿所在的洼地，正朝着我跑过来。然而洼地上的灌木丛干扰了它，它不仅没能带着公鹿回到我身边，还被灰眼睛追上了。

灰眼睛的心理是什么样子的呢？会不会也和我们人类一样，充满着一种无与伦比的美丽的鹿的形象呢？我对此持否定态度。我觉得在它眼中出现的，是美好而愉悦的生活。它高傲地抬起头，却什么都闻不到。这种情形并不令人意外：美好的愿望即将实现，到头来却发现原来是黄粱一梦！

无奈之下，花鹿只好卧倒在地。无论是美，还是美好的生活，都从灰眼睛面前消失了。意识到这一点的灰眼睛昂首嘶鸣，继而呼唤，声音越来越低，不断轻声呼唤。嘶鸣声、呼唤声，里面饱含着一股如愿如诉的意味，正是这种意味，让我明白了鹿的音乐。眼前的一切让我想到了自己：正是因为没有把美和美好的事物分开，我才会感觉那么痛！当美好的生活消失时，我心中的美便也随之消失，被剧痛取而代之。

如果我是一名学者，懂得运用科学的方法研究发情期的鹿，那么我就不会用自己的心理来揣摩鹿。然而，在这个荒凉的地方，我和其他动物一样饱受困苦，这些苦难让我们心意相通，让我们血脉相连。我可怜它们，我像对待亲人一样理解它们的境遇：花鹿躺在地上，期待着危险的过去，落魄的灰眼睛虽然是鹿王，却是一副凄惨无比的模样，头上的角没有了，只剩两个突起的疙瘩，浑身泥泞、瘦弱不堪。现在的局面很明朗了：只有战斗才能结束这一切⋯⋯

洼地里所有的母鹿都围在了花鹿的身边，仿佛对它的遭遇深感同情。花鹿曾经的首领灰眼睛则在寻找战斗的对手，准备重新开始美好的生活。两个修道士，一个长着六个叉的角，一个长着四个叉的角，站在灰眼睛对面，一动也不敢动。也许它们明白，并不是有角就能解决问题。即便它们的首领已经没有了角，它们也没有同首领战斗的勇气。难道它们已经看到了从鹿道上匆匆赶来的黑脊梁、直角鹿、花花公子，以及其他饱经战斗洗礼的公鹿？不知为何，黑脊梁站在远处的松树旁边，似乎在那里思考阴谋诡计。这也是它的一贯作风。

在构思阴谋的灰脊梁和做好战斗准备的灰眼睛之间，站着八只我完全不认识的公鹿。难道，黑脊梁正在等待这八只公鹿对灰眼睛发起车轮战，等着灰眼睛为胜利付出大量体力后，它再趁机以逸待劳，打败甚至打死疲惫的灰眼睛？

灰眼睛抬头看着陡坡上的敌人，皱了皱鼻子，对着站在最前面的公鹿轻蔑地打了一个响鼻。放在以前，这足以让它的对手撒腿狂奔，但现在对那只公鹿却丝毫没用，看来它没有把灰眼睛的警告放在心上。灰眼睛吐出舌头歪在一边，那头公鹿还是没有丝毫怯懦，而且挑衅一般也对着灰眼睛皱起鼻子。鹿王不再多做表示，像炮弹一般朝对手冲去。

对面的公鹿也许太年轻了，好斗的它还不知道灰眼睛的厉害，不但没有逃跑，反而低下头稍稍前移了一点。为此，它付出了不可挽回的代价。灰眼睛用骨头疙瘩对着它的脑袋狠狠一撞，它便前腿一弯倒了下去。灰眼睛用骨头疙瘩撞断了它的肋骨，断骨刺进了它的心脏。这是真正的致命一击，年轻的公鹿就此躺在了那里。

灰眼睛对着第二只鹿皱了皱鼻子，那只鹿立刻撒腿逃跑了。灰眼睛吐了吐舌头，第三只鹿也被吓跑了。灰眼睛不用多做什么，后面的鹿就都被吓跑了，只剩黑脊梁站在那里。灰眼睛皱了皱鼻子，黑脊梁也皱了皱鼻子作为回应，并且发起了冲击。

小山上，在那棵英雄般的松树旁边，原本还生长着一棵树，如今那里只剩了一个木桩。两头公鹿在木桩的旁边展开了激烈的战斗，大概是因为它们都想依靠树桩借力。它们的前脚都蹬在树桩上，额头碰在一起，用力挤对方，想把对方压倒。它们在树桩边挤来挤去，谁也没占到便宜，它们的蹄子反而把树桩周围的地面刨出了一圈深坑。突然，原本有些腐烂的树桩被它们蹬飞了，两个勇敢的战士倒在了一起。

就在这当口，花鹿突然从灌木丛中冲了出来，想要摆脱花花公子的骚扰。

我看准机会吹响了鹿哨，花鹿听到召唤冲我跑来，花花公子依然在后面紧追不舍。两只争斗的鹿看到花花公子，也追了过来，所有的鹿都跟过来了，拥挤着从我身边冲了过去。当它们全部朝着岬角冲去的时候，我趁机关上了大门，还检查了大门旁边的篱笆，并且把一些破旧的地方修整了一番。

等我赶到岬角，战斗已经接近尾声，即便我朝天鸣枪示威也无法阻止一场惨剧的发生了。灰眼睛和黑脊梁在悬崖边继续搏斗，再往前一点就是大海和暗礁。如果灰眼睛的角还在，毫无疑问，这场战斗早就以它的胜利而告终。可是现在，它没有角做防御，脖子上挨了很多攻击。它身上流的血太多了，两只前腿一弯倒了下去，嘴里流出了很多鲜血。

黑脊梁抓住机会，用角刺向灰眼睛的肋部，刺穿了它的心脏。就当我以为一切都结束了的时候，灰眼睛用尽全身力气奋起一跃，猛然撞向黑脊梁，以为自己胜利了的黑脊梁毫无防备，站立不稳摔下了山崖，在暗礁上摔了几下后落入了海中，死掉了。顽强的灰眼睛居然向下看了看自己的对手，原本白花花的海浪已经被染成鲜红色，灰眼睛晃了晃，终于倒下了。

悬崖下面传来了波涛撞击的声音，鹿群拥挤在一起发出碰撞声、鸣叫声。现在，所有的鹿都是我的了。

十六

　　十年过去了。最初,我依靠训练有素的花鹿捕捉公鹿,如今我已办起了规模巨大的养鹿场。没有朋友来帮我,十年来我一直靠自己的努力。一年过去了,我依然独自忙碌,日复一日,不得空闲。又一年过去了……时间过去太久了,怀念远方朋友的感觉竟似怀念逝去的人。谁又能想到,在彼此的容貌都已完全发生变化的时候,两个朋友却能偶然重逢。这是一件多么可怕的事情啊!

　　你们脸色苍白,浑身颤抖着目视对方,仔细观察岁月在对方脸上雕刻的痕迹,最终凭借声音认出了对方。你和朋友一起诉说往事,所有的不愉快都已经过去,心中变得轻松起来。一场期待已久的相逢终于实现,往日的快乐重新出现,这是多么激动人心的场面啊!两个人似乎都回到了年轻的时候。这就是我对生命之根——人参——的作用的理解。

　　生命的根部往往拥有无与伦比的力量,这种力量是如此之强,以至于你会在另一个人身上找到你远去的亲人的影子,让你把他当成远去的亲人来爱。这也是我对生命之根——人参作用的理解。关于生命之根的作用,还有很多其他的理解，但在我看来，那都是迷信，或者是非医学的。是的，随着时间的流逝，一个月，两个月，一年，两年，我们和朋友分别的时间越来越久，记忆渐渐变得模糊，我们终于都忘掉了过去的事，忘掉了生命之根正在原始森林的某处安静地生长着。

时间的变化也带来了我周围的变化：祖苏河畔的小村庄已经发展成一个小规模的市镇，里面生活着形形色色的人。因为某些重要的事情，我时常需要到莫斯科去，到上海去。站在大城市的街头，我的心中对于我的人参的呼唤更加强烈、频繁。原本我从大自然的原始森林中感受到了生命之根的力量，如今和所有为了新文化而劳动的人在一起时，我在创作中也感受到了生命之根的力量。相比于在原始森林中寻找残存的生命之根的人，那些在艺术、科学和其他进步领域工作的人更加接近生命之根。

工作总是让我无法自拔，我心中的忧伤也不断被工作冲淡。男人的那些孤独岁月，我终于挺过来了。我们重逢了。我们是那么激动，以至于愣在那里不知道该说什么好。这里曾经生长着一棵树，每当台风袭来，巨浪把漂亮的海胆挂在树上，她就坐在树上收集海胆。如今，这里堆满了祖苏河厚厚的泥沙，只残留着一些依稀可辨的痕迹。我们默默站在祖苏河畔，望着远处的大洋，在地球的缓慢转动中感受着我们的生命之钟的轻微摆动。

山早已没有了原先的模样。那边曾经是峭壁，动物们经常从它下面的小路上经过，去海岸边。那时的我们也常手拉手沿着鹿的脚印走过。台风摧毁了峭壁，小路被掩埋了，我们只能从乱石堆旁绕道而行。卢文原先居住的地方，如今建起了一个研究所，巨大的建筑物上面开着宽敞的大窗户，卢文却只有一个糊纸的小窗口。围着铁丝网的鹿场绵延数公里，将整个雾山切断，如今里面的老鹿也不多了，不过那只花鹿还活着，就像在家里一样自由自在地活在里面。

我们走到了一棵大雪松跟前，这里是卢文的坟墓所在地。他的中国同胞在树上刻出一个佛龛，方便他们焚烧香纸祭奠卢文。在我讲起我亲爱的朋友的时候，我想起了我的生命之根——人参。它就生长在离歌谷不远的地方，既然我们充满了好奇，为什么不去看看人参呢？说走就走，我们踏上了寻找曾经见过的生命之根的道路。

卢文曾经留下的记号我早就忘记了。到歌谷去并不是一件容易的事，我们根据以往的经历，从七峰沟穿过，然后进入狗熊峡谷，登上了歌谷的最高处。虽然时间过去了很久，但歌谷却没有什么变化。巨大的树木稀稀拉拉地生长着，阳光穿过树枝的间隙照射下来，鸟儿在林间歌唱。可是当我们进入密林后，我却找不到路了。我们在那里转来转去，我想找到我和卢文曾经休息时所坐的地方。

很多时候，我在晚上反而更容易找到被遗忘的地方，而且还能想起当时自己在那些地方的所思所想。突然，一阵野蘑菇的清香传来，我想到当时的所思所想也是由这些清香引起的，而且就在这附近。只要再仔细找找，我们肯定就能找到曾经的所在。终于，我们摸索着找到了目的地。四周静悄悄的，小溪里却发出了声音："说吧，说吧，说吧！"

熟悉的野苹果树出现了，我和卢文曾踩着它的树干走到小溪的对岸。过往的一切都在我眼前浮现，我们来到了之前跪地祈祷的地方，我小心地用手拨开地上的青草，心中激动不已。原本残存在我们之间的一丝隔膜彻底消失了，我们的心灵不断贴近。忽然间，人参出现在了我们面前！我花了很多工夫，按照从满族人那里看到的模样，用雪松树皮做了一个小匣子，准备盛放人参。为了不让人参受到任何伤害，我们挖人参的时候小心翼翼，生怕伤害了它的某根根须。

我们终于挖出了人参，和我在满族人那里看到的完全一样：它仿佛是一个裸体的小人儿，有手有脚，手上长着细毛，好像小指头一样，也有脖子和头，头上长着辫子。我们在盒子里撒了很多适合人参生长的原生土，小心谨慎地放好人参，回到了我和卢文以前休息的地方，一边感受周围的宁静，一边默默地想心事。可是坐了没多久，小溪又喊了起来："说吧，说吧，说吧！"

歌谷的音乐家们开始了演奏，我们的心灵也完全交织在一起。

有些话，我本来不想说，可是既然要说，那索性就全部说出来吧。这次来到我身边的女人并非当年之人，然而生命之根的力量如此之大，使我不仅找回了自己，而且爱上了一个像我青年时期所爱慕之人。在我看来，这就是生命之根神奇的创造力：人可以脱离自身，在另外一个身体上面展露自我。

现在，我创办了自己的事业，这事业让我沉迷其中。我们这些掌握了文化知识，对于爱有着现代渴求的人，和文明早期的原始人祖先做着相同的工作：驯养野生动物。我每天都在不断探索，把我从卢文那里学到的热心和现代科学的方法结合起来，这样一来，我的工作就变得有趣多了。

我有朋友般的妻子，也有可爱的孩子。和别人比起来，我简直可以算是世界上最幸福的人了。然而如我所言，既然要说，那索性就全部说出来吧！我的生活中有一件小事，虽然不影响什么，但我一直觉得，它如同鹿角的更替，是我创造生活的起点。每年春天，当雾霭弥漫了整个山谷时，鹿开始用新角换掉老死的骨化角，我的身上也发生着一种更替。

那时候，总有那么几天，我无法安心工作，无论实验室还是图书馆都待不下去。我幸福的家庭里也变得安宁起来。冥冥之中，似乎有一种夹杂着痛楚和忧伤的力量把我赶出家门，促使我在山中和森林中行走，并最终来到那块岩石上。岩石上的无数缝隙都在渗水，不断形成大颗的水滴落下，仿佛岩石在无声地哭泣。

我很清楚，它只是一块没有感情的石头，可是我却感到它与我心意相通。我仿佛听到了它的心在跳动，勾起了我对往事的回忆，过往的一切仿佛都在眼前重现：茂盛的葡萄藤蔓，花鹿将一只蹄子伸了进去。所有的痛苦都重新发生了，就像第一次发生一样，我大声对着我真挚的朋友——石头喊道："猎人啊猎人，你为什么不抓住它的蹄子呢？"

在这些近乎病态的日子里，我就像鹿舍弃老死的角那样，把身上所有创造的东西都舍弃了，然后回到家中、实验室中，重新开始工作、生活。我和那些知道名字或者不知道名字的劳动者一起，共同进入了创造美好生活的黎明前的最后时刻。